LITERATURE
AND
ART
STUDIES
SERIES

文艺研究小丛书

（第一辑）

# “世界文学”推原

方维规◎著
张　颖◎编

文化艺术出版社
Culture and Art Publishing House

图书在版编目（CIP）数据

“世界文学”推原 /方维规著. —北京： 文化艺术出版社，2021.8
（文艺研究小丛书 / 张颖主编. 第一辑）
ISBN 978-7-5039-7105-1

Ⅰ. ①世… Ⅱ. ①方… Ⅲ. ①世界文学－文学研究－文集 Ⅳ. ①I106-53

中国版本图书馆CIP数据核字（2021）第144255号

# “世界文学”推原

（《文艺研究小丛书》（第一辑））

主　　编　张　颖
编　　者　张　颖
著　　者　方维规
丛书统筹　叶茹飞
责任编辑　魏　硕　贾　茜
责任校对　董　斌
书籍设计　李　响　姚雪媛
出版发行　文化艺术出版社
地　　址　北京市东城区东四八条52号（100700）
网　　址　www.caaph.com
电子邮箱　s@caaph.com
电　　话　（010）84057666（总编室）　84057667（办公室）
　　　　　84057696—84057699（发行部）
传　　真　（010）84057660（总编室）　84057670（办公室）
　　　　　84057690（发行部）
经　　销　新华书店
印　　刷　国英印务有限公司
版　　次　2022年1月第1版
印　　次　2022年1月第1次印刷
开　　本　880毫米×1230毫米　1/32
印　　张　5.25
字　　数　86千字
书　　号　ISBN 978-7-5039-7105-1
定　　价　42.00元

# 总　序

张　颖

2019年11月，《文艺研究》隆重庆祝创刊四十年，群贤毕集，于斯为盛。金宁主编以“温故开新”为题，为应时编纂的六卷本文选作序，饱含深情地回顾了《文艺研究》的何所来与何处去。文中有言：“历史是一条长长的水脉，每一期杂志都可以是定期的取样。”此话道出学术期刊的角色，也道出此中从业者的重大使命。

《文艺研究》审稿之严、编校之精，业界素有口碑。这本质上源于编辑者的职业意识自觉。我们的编辑出身于各学科，受过严格的学术训练，在工作中既立足学科标准，又超越单学科畛域，怀抱人文视野与时代精神。读书写作，可以是书斋里的私人爱好与自我表达；编辑出版，是作者与读者、写作与出版的中间环节，无时不在公共领域行事，负有不可推卸的公共智识传播之责。学术期刊始终围绕“什么是好文章”这一总命题作答，更是肩负着学术史重任，不可不严阵以待。本着这一意识做学术期刊，编辑需要端起一张冷面孔，同时保持一副热心肠，从严审稿，从细编校。面对纷繁的学术生态场，坚持正确的政治导向，保持冷静客观的判断；面对文字、文献、史实、逻辑，怀着高于作者本人的热忱，反反复复查证、商榷、推敲、打磨。

我们设有相应制度，以保障编辑履行上述学术史义务。除了三审加外审的审稿制度、五校加互校的校对制度，每月两度的发稿会与编后会鼓励阐发与争鸣，研讨气氛严肃而热烈。2020年5月，在中国艺术研究院各级领导大力支持下，杂志社成立艺术哲学与艺术史研究中心。该中心秉持“艺术即人文”的大艺术观，旨在进一步调动我刊编辑的学术主体性与能动性，同时积极吸收优质学术资源和研究力量，推动艺术学科体系建设。

基于上述因缘，2021 年初，经文化艺术出版社社长杨斌先生提议，由杂志社牵头，成立“文艺研究小丛书”编委会。本丛书是一项长期计划，宗旨为“推举新经典”。在形式上，择取近年在我刊发文达到一定密度的作者成果，编纂成单作者单行本重新推出。在思想上，通过编者的精心构撰，使之整体化为一套有机勾连的新体系。

编委会议定编纂事宜如下。每册结构为总序＋编者导言＋作者序＋正文。编者导言由该册编者撰写，用以导读正文。作者序由该册作者专为此次出版撰写，不作为必备项。正文内容的遴选遵循三条标准：同一作者在近十年发表于《文艺研究》的文章；文章兼备前沿性与经典性；原则上只选编单独署名论文，不收录合著文章。

每册正文以当时正式刊发稿为底稿。在本次编撰过程中，依如下原则修订：1. 除删去原有摘要或内容提要、关键词、作者单位、责任编辑等信息外，原则上维持原刊原貌；2. 尊重作者当下提出的修改要求，进行文字或图片的必要修订或增补；3. 文内有误或与今日出版规范相冲突者，做细节改动；4. 基本维持原刊体例，原刊体例与本刊当前体例不符者，依当前体例改；5. 为方便小开本版式阅读，原尾注形式统改为当页脚注。

编研相济，是《文艺研究》的优良传统。低调谨细，是《文艺研究》的行事作风。丛书之小，在于每册体量，不在于高远立意。如果说“四十年文选”致力于以文章连缀学术史标本，可称“温故”，那么，本丛书则面对动态生成中的鲜活学术史，汇聚热度，拓展前沿，重在“开新”。因此，眼下这套小丛书，是我们在“定期取样”之外，以崭新形式交付给学术史的报告，唯愿它能够为读者提供一定帮助或参照。

# 编者导言

张　颖

方维规教授供职于北京师范大学文艺学研究中心，其研究具有开阔的跨学科视野，并未完全局限于文艺学的传统领域。他的学术关切涉足中国与西方的比较诗学、比较文学、思想史、文学社会学、海外汉学等，尤为关注18世纪至今的长时段里现代思想的种种形态演变。在写作形式上，除用论文、专著形式在文学理论的基础部位做大文章外，他也发表过数量可观的编著、译著、书评与学术随笔。

若有意将这些写作置于一个总题之下，或许可以名之为：世界眼光与中国意识。当然，二者浑不可分，我们总是在理解世界中认识中国，在体验中国历史与当下中对话世界；它们不仅是胸襟与立场，而且根植于共同的学术抱负。勉强区分的话，方维规教授曾处理过的“夷”“洋”“西”“外”“文明”“文化”等概念，更多具有鲜明的中国意识；其讨论过的“世界文学”“汉学”“文学”“杂合”“政党”等概念，更多出自宽广的世界眼光。

理解本书收入的三篇长文，较好的途径应当是基于方维规教授所擅长的“概念史”方法。诚如他本人曾言，概念史是他在广泛的学术涉猎之余，持续长达二十年的研究兴趣所在。最近三年，他集合自己此前的相关思考成书，接连出版三部以“历史”与“概念”为关键词的精致专著：《概念的历史分量——近代中国思想的概念史研究》（北京大学出版社，2019）、《什么是概念史》（生活·读书·新知三联书店，2020）、《历史的概念向量》（生活·读书·新知三联书店，2021）。

《何谓世界文学？》原刊于《文艺研究》2017 年第 1 期。该文综合当时世界范围内尽可能最新、最广的文献资料，在此基础上尝试施展一个重要抱负：廓清在“世界文学”论题下我国学界既有的种种误解。文章第一部分梳理21世纪以来西方学界围绕“世界文学”这一概念展开的多重视角的立论和争论，第二部分讨论歌德之前的“世界文学”概念的面貌，第三部分探索歌德提出“世界文学”概念的语境和确切含义，第四部分辨析“世界文学”“世界的文学”“全球文学”这些基本概念在当今语用上的区别与趋势。纵观全文，其材料之崭新、之丰富，论述之清晰，用语之精准，都达到相当高的水准，称得上是很有分量的大文章。

《普遍、自由的“精神贸易”——歌德“世界文学”概念的历史语义》原刊于《文艺研究》2020年第8期，刊登时更名为《起源误识与拨正：歌德“世界文学”概念的历史语义》。如果说《何谓世界文学？》于“概念”与“史”二者上侧重“概念”，这一篇则侧重于“史”，或可视作前文第三部分的一种精确化扩写。文章以流畅、丰富的叙事素材，将“世界文学”的“动词性”充分铺展开来，勾勒出歌德前后左右的欧洲文学共和国的公民们从事“精神贸易”的生动群像，给人以置身其中的现场感受。这两篇围绕“世界文学”概念的长文，其一以论理为主，其二主要做史实的追究，一论一史，史论相济，搭建起“世界文学”之概念史的基础论域。

方维规教授的写作常给人以举重若轻的印象：文气贯通，说理生动，仿佛一气呵成。细察之下则会发现，他在文献爬梳方面可谓下足了功夫，丝毫不肯吝惜气力。他曾在德国求学与任教长达二十年，锻炼出令人歆羡的全面能力，包括精湛的外语水准与扎实的文献功底，这造就了其严谨的思想底色。前述两篇文章各自的注释皆超过一百个，且参考、使用了发表于最近几年的相当丰富的西文研究成果并与之对话，保障了文章在该领域的国际前沿价值。

《“跨文化”述解》原刊于《文艺研究》2015年第9期。该文同样以概念史的视角，力求还原概念的原语境。在当年编辑这篇文章的过程中，笔者本人受惠颇多，借此澄清了原先的不少误解，首先当然就是概念上的误解，比如“多元文化”“文化间性”“跨文化”“世界文化”这些看起来都是复数文化、似乎都带有文化相对主义色彩并着眼于消解单一文化霸权的词组。作者正是在为各个概念划分疆域的基础上对“跨文化”做“述解”工作，借韦尔施的研究指出它更大的包容性和过渡能力，但又借赫尔德指出这种“杂合”理念的盲点。值得一提的是，作者巧妙地避免了这样题目下钻牛角尖的诸多可能性，从题目、结构到语言都显得沉稳从容。

依笔者浅见，概念史，顾名思义，即致力于处理概念的历史，研究者需要在历史层面上追踪还原概念诞生的语境，理清概念何以从一般话语中生成、凸显、定型的复杂逻辑，阐明概念在定型后遭遇的内涵变迁的可能成因。这决定了概念史作为方法，需同时观照“事实”与“道理”两方面的问题。不言而喻，概念史研究者唯有具备史学与哲学、实证与思辨上的双重严谨性，才能够在纷繁的材料中发现“本”事，找出“原”理。

于是，我们常在方维规教授的写作中读到一种辨识正误的热忱，索真推原的执着，这基于其学术上的坚定信念。他曾在《历史的概念向量》一书序言中自述道：“只是根据自己见到的史料和相关文献提炼见解，不敢说观点有多高明、思想有多深刻，也不排除主观判断和偏颇言说，然深信辨析和切磋能够推动学术的进步。”人们常说，下判断要客观，而人文学术中的道理得自学术主体的思想活动，就“主体”(subject)一词而言，本身已经是“主观的”(subjective)。学术上所认定的客观，一般指无悖于事实与道理。对事实的考镜，通常依据白纸黑字的史料与文献；对道理的推敲，则往往依据辨析甚至辩难。笔者赞同方维规教授对确凿理据的维护，也能体会其辨析、“较真”的殷切心情。予岂好辩？予不得已。

# 作者序

方维规

《文艺研究》挑选了我在该刊发表的三篇文章，结集编入即将问世的“小丛书”。两篇关于“世界文学”的文字的关联性是不言而喻的，另一篇对“跨文化”概念的考证，看似与前两篇论文有些脱节，不过，若就前者重点考察歌德的“世界文学”概念而论，把“世界文学”理解为一种跨国文化经验的形态，或曰一种现象、一种态度、一种行为，说的是文学的国际交流、相互接受和影响[1]，那么，跨国文学交流与跨文化现象的衔接也就不那么勉强了，这或许也是这本小册子编选者的考虑。恰巧，我刚写完的一篇论文也将二者连接在一起：《“新世界文学”与“跨文化”》。

知识考古是这三篇文章的共同之处，侧重于概念辨析。我曾在其他地方说过，概念史不仅追根寻源，正本清源也是其重要追求。当下中国学界有一股强劲的潮流，无论是做课题还是写论文，都在强调超越和创新，竭力拿出“中国版本”。这固然没错，而且精神可嘉。然而，超越和创新总得先把你要超越的东西弄清楚吧，这是最起码的前提，这个要求也不过分。厘清概念是必要的，就像我们在谈论歌德的“世界文学”概念时，自然先要弄明白歌德到底说过些什么，说的是什么意思，有什么意图，还有其来龙去脉和语境。

这让我想起收入这本集子的一篇文章中提及的一个话题，即对《共产党宣言》(1848）中的“世界文学”之说的理解问题。我想乘此机会多说几句，审视中国的世界文学研究中的一

1 参见方维规《起源误识与拨正：歌德“世界文学”概念的历史语义》，《文艺研究》2020 年第 8 期。

个“想当然”现象。我的观点是，以《共产党宣言》为依据，以为马克思、恩格斯曾倡导世界文学，证据是不充分的。披览如许相关著述，论说所谓马克思、恩格斯的世界文学概念，世界文学思想或世界文学观，《共产党宣言》中的一个不刊之论必会登场，中文通用的权威译文如下：

**过去那种地方的和民族的自给自足和闭关自守状态，被各民族的各方面的互相往来和各方面的互相依赖所代替了。物质的生产是如此，精神的生产也是如此。各民族的精神产品成了公共的财产。民族的片面性和局限性日益成为不可能，于是由许多种民族的和地方的文学形成了一种世界的文学[Weltliteratur：世界文学]。**[1]

此段文字的德语原文是：

An die Stelle der alten lokalen und nationalen

1 [德] 马克思、恩格斯：《共产党宣言》，载中共中央马克思恩格斯列宁斯大林著作编译局编译《马克思恩格斯文集》（第二卷），人民出版社 2009 年版，第 35 页。

Selbstgen ü gsamkeit und Abgeschlossenheit tritt ein allseitiger Verkehr, eine allseitige Abhängigkeit der Nationen von einander. Und wie in der materiellen, so auch in der geistigen Produktion. Die geistigen Erzeugnisse der einzelnen Nationen werden Gemeingut. Die nationale Einseitigkeit und Beschränktheit wird mehr und mehr unmöglich, und aus den vielen nationalen und lokalen Literaturen bildet sich eine Weltliteratur.

将中德文本两相对照，可以发现中译本中存在明显的不准确之处，把“将来时”译成“完成时”，把马克思、恩格斯的预见译成既成事实。因此，我想稍做改动，注重严复所言译事之“信”，斗胆试译如下：

不再是过去那种地方、民族的安于现状和隔绝状态，而是各方面的交往、民族之间各方面的互相依赖。物质生产如此，精神生产也是如此。各民族的精神产品将成为公共财产。民族狭隘和拘囿会越来越难，许多民族的、地方的文学正在形成世界文学。

我的译文不可能十全十美，别人也能有其他译法和用词，但读者不难发现两种译文显示出的内容差别。时态在这里太重要了！它直接关乎杜尔克姆（Émile Durkheim）所说的“社会事实”（fait social），或者比较文学中常说的“事实联系”（rapports de fait）。不同的译文，特别是意思相差的译文，直接影响文本解读和对问题的看法，引发不同的问题意识，令人产生不同的联想。搜索一下中国那么多相关论文，还可看到很多“遐想”，比如“马克思、恩格斯最终期待的是[……]进入共产主义时代的世界文学”[1]。

其实，翻译并不是我本来要说的问题。我想说的是一件对我来说不可理喻的事情，一件一直让我纳闷的事情。我想谈学理。什么是这里的学理呢？既然你要论述马克思、恩格斯的世界文学概念、世界文学思想或世界文学观，你总得告诉我们，马克思、恩格斯对“世界文学”的看法，他们都说过些什么，而不能像有些中国学者那样，怪罪西方学者“较少涉及甚至忽略了马克思、恩格斯之于世界文学概念的阐述”。此说的根

1 尚必武：《马克思主义创始人与世界文学研究》，《中国比较文学》2019年第1期。

据是，“马克思、恩格斯世界文学思想体系”极为重要，所以“马克思、恩格斯关于‘世界文学’的阐述尤为值得关注”，并且，我们要把马克思主义创始人对于“世界文学思想的挖掘和细审”看作“我们在这一领域所有研究工作的起点”。[1]

实际状况是，马克思、恩格斯在《共产党宣言》这一划时代的早期著作中说及世界文学，且只出现在一句句子中，以后的著述中再也不见“世界文学”字样。西方学者较少论及甚至忽略马克思、恩格斯论世界文学概念，太合情合理了！否则会是无米之炊，或者捕风捉影。从上文援引的那段语录来看，马克思、恩格斯只是“顺便”举了一个例子来说明精神产品的流通及可能或必然后果，不多也不少。然而，就这么一句涉及“世界文学”的句子，给多少人提供了上纲上线的机会，而且没完没了。一句话催生出文章百篇，尤其在中国成了取之不竭的理论“金矿”，甚至还从不同角度来阐释。我猜想，有些热衷于这个话题的人，或许有过一种想法：马克思、恩格斯为何不多说几句、多说几次？多说几次该有多好啊！显然，现在只有一处可以供人引用，多少给人单薄之感。

---

1　尚必武:《马克思主义创始人与世界文学研究》,《中国比较文学》2019 年第 1 期。

但这不要紧，并不妨碍那么多长篇大论的作者，把大家熟悉和不熟悉的马克思、恩格斯语录搬出来展览一番，为了把它们与马克思、恩格斯说过的“世界文学”挂钩。但我不得不说，这种论述逻辑让人看不懂。从辩证唯物主义到历史唯物主义，从资本流通到剩余价值，把马克思、恩格斯思想说个遍，把马克思、恩格斯文学思想一股脑儿搬过来，着实给人离题万里的感觉。我们是在谈论世界文学概念！那就要让人看到马克思、恩格斯的世界文学观念本身，看到他们如何阐释世界文学概念，而不能把他们在其他上下文中的有些观点生搬硬套到“世界文学”上，或用他们 30 年之后的有些说法来解释其早先的所谓世界文学“构想”。

不可否认，马克思、恩格斯留下了许多谈论文学和世界文学中著名作家的文字，散见于他们不同时期的各种著述；卢卡契 1930—1931 年第一次侨居苏联时，曾在莫斯科参与历史上首次马克思、恩格斯文论的系统编选和注释工作。统观马克思、恩格斯有关文学艺术的各种论述，很难见出一套完整的文学理论（体系），但这无损于马克思、恩格斯言说对后来的马克思主义文学理论和批评所产生的重大影响。诚然，柏拉威尔

《马克思和世界文学》(1976)[1]那样的专著，或“马克思主义与世界文学研究”之类的课题，确实很有意义。不过，“马克思和世界文学”不是“马克思的世界文学观”；换言之，“马克思和世界文学”无法推演出马克思本人有其“世界文学观”。

在这个问题上，中国学界似乎存在一个误区：一些专论用马克思思想来论述世界文学，自觉不自觉地把马克思论“文学”说成论“世界文学”。于是乎，两个词俨然是同义词，许多人也不假思索地如此理解柏拉威尔等专家实际上有所区分的清晰表达。世界文学与文学自有联系，但毕竟是两个概念；或者说，二者既是不同的词语，也是不同的概念。马克思与文学、马克思论文学或者马克思的文学思想，是不能与后人所说的马克思主义与世界文学或者马克思主义世界文学思想画等号的。等量齐观马克思文学思想与后来出现的马克思主义世界文学观，横看竖看都有悖学理。

我要谈的另一个问题是，我从白纸黑字上看不出很多学者所笃信的，认为马克思、恩格斯在《共产党宣言》中提出

1 S. S. Prawer, *Karl Marx and World Literature*, New York and London: Oxford University Press, 1976.

了他们的世界文学构想，甚至倡导世界文学。在《共产党宣言》中，马克思、恩格斯在资本主义生产方式、跨国扩张、世界市场、国际消费等发展逻辑中，从物质到精神，看到形成世界文学的必然趋势。我更愿意把马克思、恩格斯举例“世界文学”看作客观陈述。当然，倘若你说马克思、恩格斯说及“世界文学”何其重要、意义非凡，那我定然认可。的确，若说歌德对“世界文学”用词的确立和传播做出了重大贡献，那么后来的马克思、恩格斯之说同样功不可没，并理所当然地出现在无数关于世界文学历史发展的讨论中，几乎成了“保留剧目”(repertoire)。并且，1848年之后的“世界文学”逐渐走向后来对这个概念的理解，即作为作品或经典文本的世界文学，而不是歌德所要表达的关乎“精神贸易”的现象、态度和行为。卷帙浩繁的马克思、恩格斯著作中仅见一次“世界文学”字样，何来他们对“世界文学思想的挖掘和细审”？一个句子如何完成世界文学“构想”？“马克思、恩格斯世界文学思想体系”又从何说起？不用多说，他们也没有像歌德那样倡导世界文学。不仅如此，甚至有西方学者认为，就整篇《共产党宣言》的基调亦即对于资本主义的批判而言，马克思、恩格斯在说及"世界文学"时的批判目光是不能完全排除在外的。[1] 无论如何，说马克思、恩格斯倡导世界文学，需要拿出足够的史料，否则只能是过度阐释，甚至是歪曲。

最后，我想回到本文开头所说的当今中国学界的超越和创新热潮，还有比比皆是的"中国版本"。若无扎实研究，浅尝辄止就想标新，大话中则会常见虚高和精神胜利法。我们亟须重温歌德在宣扬"世界文学"时的提醒，他希望人们谨慎而又积极地对待世界文学现象，如他早在 1801 年所说："不存在爱国主义的艺术和爱国主义的科学。如同一切好东西，二者属于全世界，只有通过[……]普遍的、自由的相互影响才能得到促进。"[2]

---

1 Cf. Gauti Kristmannsson, "Die Entdeckung der Weltliteratur" , in Andreas F. Kelletal und Aleksey Tashinskiy ( Hrsg. ) , *Übersetzer als Entdecker: Ihr Leben und Werk als Gegenstand translationswissenschaft*licher *und literaturgeschichtlicher Forschung*, Berlin: Frank & Timme, 2014, S. (347–366) 356–357.

2 Johann Wolfgang Goethe, *Sämtliche Werke. Briefe, Tagebücher und Gespräche*, Bd. 18, hrsg. von Friedmar Apel, Hendrik Birus et al., Frankfurt: Deutscher Klassiker Verlag, 1986–1999, S. 809.

# 目录

# 何谓世界文学？

早在19世纪上半叶，歌德就宣称世界文学时代已经在即，期望人们促进这个时代的到来。这在当时不过是对文学未来的憧憬。然而，兴起于19世纪的比较文学，摆脱不了欧洲中心主义。20世纪以降，比较文学的发展备受争议，尤其经过批评理论的形塑之后，越来越脱离文学本身，从而陷入学科危机。当前重提世界文学，当为应对危机局面的尝试。这种学术范式转换，固然是文学研究自身发展的一种趋势，也意味着以人文研究来回应当代世界日益加剧的种族、阶级和文化冲突。各种矛盾因素无疑构成地方性与普世性之间的张力。如何通过把握这一至关重要的张力关系，重新打开理解“世界文学”的思想方式，乃是当今世界学术研究的核心议题之一。

综观各家论说，我们常能见到一些广为流传的说法，例如，歌德是“世界文学”（Weltliteratur）一词的创造者，首次提出这个概念；又如，歌德是一个真正的世界主义者，具有全球视野。从已经发现的材料来看，这些说法不足为凭，却深入人心，甚至成了一些“名家”的定见，脱口而出。回望中国学界，由于缺乏深入研究，只能人云亦云，且常常不得要领。资料性错误和以讹传讹的现象屡见不鲜；还有一些说法，不知历史依据何在，或曰不知来自何处。本文试图对“世界文学”概念的起源和发展以及相关问题做一个较为系统的梳理：从当代“世界文学”论争说起，追溯历史并围绕歌德来厘清一些至今仍有重要意义的命题，最后回到世界文学的当代发展，以及一些与之颉颃的观念和新的趋势。

## 一、“世界文学”难题，或众说纷纭的“世界文学”

20 世纪 90 年代以来，围绕“世界文学”观念展开了一场深入的理论探讨[1]；并且，“世界文学”概念成为新近关于“全球文学”（global literature）国际论争的焦点。打上歌德烙印的“世界文学”概念，曾被持久而广泛地接受。最迟自 60 年代起，这个概念逐渐遭到批评，原因是其思考文学时的（常被误认为源自歌德）精英意识，以及世界文学设想虽然超越了民族框架，却只能基于这个框架才可想象。“一般来说，所谓普世性，只要不仅是抽象，只能存在于地方性之中。”[2] 如今，不

---

1 Cf. David Damrosch, *What is World Literature?*, Princeton: The Princeton University Press, 2003; Pascale Casanova, *The World Republic of Letters*, trans. M. B. DeBevoise, Cambridge, Mass. and London: Harvard University Press, 2004, pp. 46–47; Emily Apter, *The Translation Zone: A New Comparative Literature*, Princeton: The Princeton University Press, 2006; Mads Rosendahl Thomsen, *Mapping World Literature: International Canonization and Transnational Literatures*, New York: Contiuum, 2008.

2 Matthias Freise, “Four Perspectives on World Literature: Reader, Producer, Text, and System”.（参见“思想与方法：何谓世界文学？地方性与普世性之间的张力”国际高端对话暨学术论坛会议文集，北京师范大学文学院，2015 年 10 月 16—17 日）该文集的许多论文，作者都在会后做了修改或补充，与会议文集中的文字常有出入，甚至不见于会议文集。因此，本文援引的会议论文只写作者和文章名，不写页码。文集已由北京大学出版社出版。

少人喜于“世界的文学”（literatures of the world）之说；这个概念虽然还勾连着世界文学的“经典性”，却是一种全然不同的想象或纲领。

莫非这就是我们时代纷乱的“整个世界”（tout-monde），如来自加勒比的法国诗人和文化评论家格里桑（Édouard Glissant）所说的那样，“一个没有可靠车轴和明确目标的世界”[1]？或许也是在这个语境中，才会有人说当今“世界文学包括什么”尚无定论，就连“世界文学实际是什么”也莫衷一是[2]，或用斯坦福大学意大利裔教授莫雷蒂（Franco Moretti）的话说，世界文学“并非一个客体，而是一个难题”[3]。

---

1 Édouard Glissant, “Àpropos de Tout-Monde. Ein Gespräch mit Ralph Ludwig”, in Ralph Ludwig and Dorothee Röseberg (Hrsg.), *Tout-Monde: Interkulturalität, Hybridisierung, Kreolisierung: Kommunikations- und gesellschaftstheoretische Modelle zwischen “alten” und “neuen” Räumen*, Bern: Peter Lang, 2010, S. 10. 路德维希（R. Ludwig）和罗泽贝格（D. Röseberg）很好地解析了“整个世界”的要点（同上，第9、10页）：格里桑观察当今世界的主导观念，是用正面理解的乱世模式来取代负面的全球化趋势。乱世中差异力量之间的关系不再是等级关系；新的关系不是僵化的，而是处在不断变化之中。“整个世界”之说的经验基点是巴比伦式的交往和语言的多样性。抽象地扩展至社会模式，“整个世界”意味着拒绝狭隘和偏见，拒绝文化的等级观念以及僵化的社会秩序。

2 Martin Kern, “Ends and Beginnings of World Literature”.（“何谓世界文学？”会议论文）

3 Franco Moretti, *Distant Reading*, London: Verso, 2013, p. 46.

21 世纪初，莫雷蒂和达姆罗什（David Damrosch）这两位美国学者开始全面探讨“世界文学”概念[1]。莫雷蒂的论文《世界文学猜想》（2000）的出发点是，比较文学领域的世界文学始终有其局限性，时至今日才成为包罗世界的体系。他早在《近代欧洲文学的分布概要》（1994）一文中就已设问：“就在这个概念诞生之初，歌德的文化梦必然会迅即令人发问：世界文学，人道主义文学？或是帝国主义文学？”[2]显然，莫雷蒂的论述充满后殖民理论色彩。他又在《世界文学猜想》中接续这一思想，将世界文学与国际资本主义相提并论：

> 我想借用经济史的世界体系学派之基本假设，即国际资本主义是同一而不平等的体系，有着中心和边缘（以及亚边缘），被捆绑在一个日益不平等的关系之中。同一，而不平等：同一文学，即歌德和马克思眼中的单数的世界文学（Weltliteratur），或更应说是一个（相互关联的诸多

---

1 Cf. Franco Moretti, “Conjectures on World Literature”, *New Left Review*, Vol. 1, 2000, pp. 54-68; David Damrosch, *What is World Literature?*, Princeton: The Princeton Univerity Press, 2003.

2 Franco Moretti, “Modern European Literature: A Geographical Sketch”, *Distant Reading*, London: Verso, 2013, p. 39.

文学组成的）世界文学体系，但却有悖于歌德和马克思所希望的体系，因为它太不平等。[1]

在认识论层面，他基本上显示出二元对立的思维模式：中心和边缘，源文化（出发文化）和目标文化。知识和文化的传输总是单向的，作品和作家总被归入两类文化中的一种，不同板块相向而立。在他看来，这种以西欧为中心的世界文学，不符合歌德世界文学的世界主义标准。可是，莫雷蒂所理解的并不是歌德的世界文学（关于这个问题，我在后面还将详述）。莫雷蒂的一个著名观点是，世界文学并非全球化的产物，它一直都存在，18 世纪则是世界文学的分水岭。他在《进化论，世界体系，世界文学》（2006）一文中，从进化论的视角阐释“世界文学”概念：

“世界文学”术语已有近二百年的历史，但我们依然不知道何为世界文学……或许，我们一直瘫痪于一个术语

1 Franco Moretti, “Conjectures on World Literature”, *Distant Reading*, London: Verso, 2013, p. 46.

> 下的两种不同的世界文学：一种产生于18世纪之前，另一种晚于前者。“第一种”世界文学由不同的“地方”文化交织而成，其特征是显著的内在多样性；歧异常会产生新的形式；（有些）进化理论能够很好地解释这个问题。［……］“第二种”世界文学（我倾向于称之为世界文学体系）被国际文学市场合为一体；它展现出一种日益扩张、有时数量惊人的同一性；它变化的主要机制是趋同；（有些）世界体系分析模式能够很好地解释这个问题。[1]

受布罗代尔（Fernand Braudel）的“长时段”（longue durée）理论和沃勒斯坦（Immanuel M. Wallerstein）的世界体系理论（world-systems theory）的启发，莫雷蒂提出了“世界文学系统”（world literary system），主张借助进化论和系统理论来研究世界文学。

与莫雷蒂较为抽象的理论形式相比，达姆罗什对（世界）文学的流通过程以及翻译和接受的意义等问题的思考，不但更

---

1 Franco Moretti, “Evolution, World-Systems, *Weltliteratur*”, in Gunilla Lindberg-Wada ed., *Studying Transcultural Literary History*, Berlin: de Gruyter, 2006, p. 120.

为具体，而且拓展了问题的视域。他在《什么是世界文学?》（2003）中论述了相关问题。这本已被译成多种语言的论著，已在很大程度上影响了人们对世界文学的认知。书中的三个部分，“流通”“翻译”和“生产”，试图让人见出一部文学作品成为世界文学的过程。

科彭（Erwin Koppen）曾经指出：“如同文学研究者运用的大部分概念和范畴，世界文学也没有一个可靠的定义或内容精准的界说。”[1] 的确，要给世界文学下一个精准的定义似乎很难，常见的界定是世界文学不是什么。达姆罗什做了尝试，给出了他的定义，并产生很大影响：1. 世界文学是民族文学间的椭圆形折射（elliptical refraction）；2. 世界文学是从翻译中获益的文学；3. 世界文学不是一套经典文本，而是一种阅读模式——一种客观对待与我们自身时空不同的世界的形式。[2]

我们可以视之为三个成分松散组合的定义，亦可视之为从三个不同视角给出的三个定义。不论哪种情况，流通是根本所

---

1 Erwin Koppen, “Weltliteratur”, in Klaus Kanzog und Achim Masser (Hrsg.), *Reallexikon der deutschen Literaturgeschichte*, Berlin: de Gruyter, 1984, S. 815.

2 David Damrosch, *What is World Literature?*, Princeton: The Princeton University Press, 2003, p. 281.

罗什那看上去不落窠臼的模式，最终还是拘牵于中心和边缘之两极。这对“世界的文学”设想来说是成问题的，这一设想中居无定所的文学之特色，正在于消弭国族与世界的两极状态，立足于第三空间，而这不是达姆罗什所要的。达氏书中最引人入胜之处，是其尤为注重翻译和接受的意义，可是没能克服“西方”（“our values”[1]）与“其余”（被“我们”接受的各种文化）的两极状态。[2]

从达姆罗什对世界文学的各种定义以及他的实际研究来看，米勒的评判有失公允。达姆罗什说：“大多数文学作品都未能在其本土之外觅得知音，即使是在如今这样一个大开放时代，世界文学的标准也是很有偏向性的。”[3]他看到了文学传播的实际状况，而且不回避事实。迄今的实际状况是，西方国家的大多数读者对其他地方的文学所知无几；尤其是那些用弱

---

1 David Damrosch, *What is World Literature?*, Princeton: The Princeton University Press, 2003, p. 70.

2 Cf. Gesine Müller, “Einleitung: Die Debatte *Weltliteratur - Literaturen der Welt*”, in Gesine Müller (Hrsg.), *Verlag Macht Weltliteratur: Lateinamerikanisch-deutsche Kulturtransfers zwischen internationalem Literaturbetrieb und Übersetzungspolitik*, Berlin: Tranvía-Walter Frey, 2014, S. 7–8.

3 David Damrosch, “Frames for World Literature”.（“何谓世界文学?”会议论文）

在：“我用世界文学来总括所有在其原文化之外流通的文学作品。它们或是凭借翻译，或是凭借原本语言（很长时间里，维吉尔以拉丁文形式被欧洲人阅读）而进入流通。”[1]换言之：“我们不是在来源文化的中心与作品相遇，而是在来自不同文化和时代的作品所构成的力场中与作品相遇。”[2]围绕这些与定义相关的问题，达姆罗什还有诸多表述，这里不再赘述。

达姆罗什在具体研究中已经走得很远，悉心探索世界上那些向来被人忽略的文学，但在米勒（Gesine Müller）看来，达姆罗什终究摆脱不了“他者”和“自我”范畴。[3]这当然是坚定的“世界的文学”鼓吹者的立场。米勒的批判意图是明确的：尽管一些美国学者为了顺应全球化趋势，努力重新打开歌德的“世界文学”概念，或曰继续运用这个概念，却使之屈从于应时的全球化。这就会出现一种不可避免的状况，就连达姆

---

1 David Damrosch, *What is World Literature?*, Princeton: The Princeton University Press, 2003, p. 4.

2 David Damrosch, *What is World Literature?*, Princeton: The Princeton University Press, 2003, p. 300.

3 Cf. Gesine Müller, “Einleitung: Die Debatte *Weltliteratur* - Literaturen der Welt”, in Gesine Müller (Hrsg.), *Verlag Macht Weltliteratur: Lateinamerikanisch-deutsche Kulturtransfers zwischen internationalem Literaturbetrieb und Übersetzungspolitik*, Berlin: Tranvía-Walter Frey, 2014, S. 7.

势民族语言写成的作品，至少是没被译成英语或其他重要欧洲语言的作品，它们在世界上传播并成为世界文学是极为困难的。我们需要努力改变这种状况，达姆罗什这么做了。高利克（Marián Gálik）的判断是客观的，他认为达姆罗什值得称道之处在于，他反对早先欧裔美国比较文学学者的向心追求，主张离心研究，呼吁美国同行至少应当拓展视野，旨在——他援用了巴斯奈特（Susan Bassnett）的观点——“接纳全世界的比较文学研究实践”[1]。的确，我们不能把“其余”这一欧洲中心主义的遗产与关注“其余”混为一谈。

十多年来的世界文学论争中，用法语写作的意大利人卡萨诺瓦（Pascale Casanova）的《文学的世界共和国》（*La République mondiale des lettres*），着实掀起不少波澜。此书影响巨大又颇受争议，从而成为当代所有世界文学思考的话题之一，也是这场论争的重要参考书目之一。她说巴黎乃世界文学之首都，并认为有其历史依据：“强调巴黎是文学的首都，并非法国中心主义，而是审慎的史学研究的结果。在

1 Cf. Marián Gálik, “Some Remarks on the Concept of World Literature after 2000”.（“何谓世界文学？”会议论文）

过去的几百年里，文学资源十分罕见地集中在巴黎，并导致其文学的世界中心这一设定逐渐得到认可。”[1]本来，确实如她所说，书中的不少观点有其历史依据，但在全球化的今天，这一观点中无法掩盖的法国中心主义延及欧洲中心主义，这本——如第二版前言坦承——非常“法国”的书频繁受到指摘，本在情理之中。同样很有名的是克里斯托弗·普兰德加斯特（Christopher Prendergast）的同名文章，见之于他主编的《世界文学论争》（2004）一书。他几乎动用了所有权威之说批驳卡萨诺瓦的论点。[2]

强调歌德“世界文学”概念中的人文主义理想，这是很常见的。然而，这种理想主义视角晚近遭到质疑，卡萨诺瓦的说法便与这种理想主义视角相对立。她认为：歌德倡导世界文学之时，正值德意志民族带着新秀姿态闯入国际文学领地之际，为了与法国文学抗衡，歌德很懂得在德意志疆土之外占领文学

1 Pascale Casanova, *The World Republic of Letters*, trans. M. B. DeBevoise, Cambridge, Mass. and London: Harvard University Press, 2004, pp. 46-47.

2 Cf. Christopher Prendergast, “The World Republic of Letters”, in Ch. Prendergast ed., *Debating World Literature*, London and New York: Verso, 2004, pp. 1-25.

市场。[1]科赫（Manfred Koch）[2]和沃尔夫（Norbert Ch. Wolf）[3]完全不认同卡萨诺瓦的看法：一方面，她把世界文学看作文化资本相互倾轧和排挤之所；另一方面，她错误判断了提出“世界文学”概念的时期：1827 年的德意志文学早已不是羽毛未丰，那是天才辈出的时代，歌德也已是那个时代欧洲无出其右的文豪。[4]至少在晚年，他已在整个欧洲拥有膜拜群体。经由斯达尔夫人的评述，他已在法国、英国、斯堪的纳维亚、波兰和俄罗斯名声大振。

1 Cf. Pascale Casanova, *La République mondiale des lettres*, Paris: Le Seuil, 1999, p. 64.

2 Manfred Koch, *Weimaraner Weltbewohner: Zur Genese von Goethes Begriff "Weltliteratur"*, Tübingen: Niemeyer, 2002.

3 Norbert Christian Wolf, "De la littérature nationale à la littérature mondiale: la trajectoire de Goethe", in Joseph Jurt (Hrsg.), *Champ littéraire et nation*, Freiburg: Frankreich-Zentrum, 2007, pp. 91-100.

4 Cf. Joseph Jurt, "Das Konzept der Weltliteratur - ein erster Entwurf eines internationalen literarischen Feldes?", in Norbert Bachleither (Hrsg.), *"Die Bienen fremder Literaturen" : der Literarische Transfer zwischen Großbritannien, Frankreich und dem deutschsprachigen Raum im Zeitalter der Weltliteratur (1770-1850)*, Wiesbaden: Harrassowitz, 2012, S. 31-32.

图 1　歌德画像（1828），施蒂勒（Joseph Karl Stieler，1781—1858）绘

新近在美国颇为活跃的倡导“新”世界文学的学者，多少受到解构主义、后殖民、后现代理论的影响。比克罗夫特（Alexander Beecroft）的论文《没有连字符的世界文学：文学体系的类型学》[1]，旨在回应莫雷蒂和卡萨诺瓦的观点。他认为，莫雷蒂过于依赖自己所擅长的小说研究，而小说只是文学的一部分；卡萨诺瓦的《文学的世界共和国》则存在历时和空间上的局限。比克罗夫特强调“文学是全世界的语言艺术品”[2]，并提出六种文学生产模式[3]。阿普特（Emily Apter）的新著《反对世界文学——论不可译性的政治之维》（2013），从标题便可得知其挑衅性。她以解构精神，试图提出自己的世界文学理论。[4]她的一个基本观点是：“近来许多复兴世界文学的努力，都依赖于可译性之假设。其结果是，文学阐释未能充分考

1 Alexander Beecroft, “World Literature without a Hyphen: Towards a Typology of Literary Systems”, *New Left Review*, Vol. 54, 2008, pp. 87-100.

2 Alexander Beecroft, “World Literature without a Hyphen: Towards a Typology of Literary Systems”, *New Left Review*, Vol. 54, 2008, p. 100.

3 关于比克罗夫特的世界文学思想，另可参见其新著：Alexander Beecroft, *An Ecology of World Literature: From Antiquity to the Present Day*, London: Verso, 2015。

4 Emily Apter, *Against World Literature: On the Politics of Untranslatability*, London: Verso, 2013, p. 6.

虑不可通约性亦即不可译性。”[1]人们应充分认识翻译的语言挑战，且不能忽视跨文化翻译中复杂的“政治地形”。作者在该著“导论”中解释了自己的意图：“《反对世界文学》查考各种假设，即翻译与不可译性是文学之世界形式的本质所在。”[2]她的解构主义批评带着一种末世预言，即（西方）世界文学的丧钟已经敲响，就像整个星球一样。[3]

从上述概览性的论述中可以见出新近的世界文学论争之色彩斑斓的景象。[4]欧美关于这个概念的论争，似乎还未终结。在结束这一节论述的时候，我想介绍斯堪的纳维亚的日耳曼语言文学家、冰岛大学翻译学教授克里斯特曼森（Gauti Kristmannsson）所发现的一种“奇怪”现象。他批评指出：

---

1 Emily Apter, *Against World Literature: On the Politics of Untranslatability*, London: Verso, 2013, p. 3.

2 Emily Apter, *Against World Literature: On the Politics of Untranslatability*, London: Verso, 2013, p. 16.

3 Emily Apter, *Against World Literature: On the Politics of Untranslatability*, London: Verso, 2013, pp. 320–342.

4 关于新近围绕“世界文学”之颇为广泛而持久的争论，除了上文已经提及的著述外，亦可参见：Christopher Prendergast ed., *Debating World Literature*, London and New York: Verso, 2004; Theo D’haen, David Damrosch and Djelal Kadir eds., *The Routledge Companion to World Literature*, Milton Park, Abingdon, Oxon: Routledge, 2012；David Damrosch ed., *World Literature in Theory*, Chichester, West Sussex: Wiley-Blackwell, 2014。

翻阅新近关于世界文学的英语研究文献，我们不难发现一种现象，即德语文献很少被引用，歌德、赫尔德、马克思、恩格斯而外，奥尔巴赫也还常见，可是最新成果几乎都被忽略。[1]这或许与语言能力有关，但又不全是语言问题，二者在对“世界文学”概念的认识上或许也有差异。若是翻阅相关德语研究文献，人们可以看到同样的现象，只是方向相反：对英语研究成果的利用也是相当有限的。“德国学者或许觉得自己在这个（歌德）领域是‘门里出身’？”——这是克里斯特曼森的设问。但他就此提出假设：英语世界更多解构色彩的研究方向在德国学界被冷淡对待，在于后者更推重建构取向。[2]本文的很大篇幅，则试图反复追寻歌德论说，旨在厘清相关问题，并在此基础上考察当今。

1 克里斯特曼森在此所说的现象，亦见于中国学界。达姆罗什、刘洪涛、尹星主编的《世界文学理论读本》（北京大学出版社 2013 年版）里，原作几乎英语文献一统天下。

2 Cf. Gauti Kristmannsson, “Die Entdeckung der Weltliteratur”, in Andreas F. Kelletat und Aleksey Tashinskiy (Hrsg.), *Übersetzer als Entdecker: Ihr Leben und Werk als Gegenstand Translationswissenschaftlicher und Literaturgeschichtlicher Forschung*, Berlin: Frank & Timme, 2014, S. 352-353.

## 二、“世界文学”概念的“版权”及其历史背景

“世界文学”概念的高歌猛进，总要追溯至文豪歌德，这也是学术研究中的惯例。一个术语如此紧密且一再地与一个人牵连在一起，委实不多见。歌德曾长期被看作“世界文学”一词的创造者，不少人脱口而出“世界文学”概念为歌德首次提出。这一说法是有问题的。尽管新近的研究已经另有他说，但是常被忽略；而一些顾及新近研究成果的人，未必都能清晰地再现历史。另外，不少学者论述歌德“世界文学”概念时，不愿或不忍心看到其时代局限，他们主要强调这一“歌德概念”的全球视野。[1]是否能作如是观，是本节试图辨析的问题，当然还会涉及其他一些相关问题。

无疑，“世界文学”概念不能只从歌德说起，还得往前追溯。约在30年前，魏茨发现维兰德早在歌德之前就已用过这个词，见之于他的贺拉斯书简翻译修订手稿（1790）。对此，歌德当然无从知晓。维兰德用这个词指称贺拉斯时代的修身养

1 不少学者，比如“思想与方法：何谓世界文学？地方性与普世性之间的张力”国际高端对话暨学术论坛的与会者佛朗哥、达姆罗什、张隆溪等人，不承认歌德谈论世界文学时的欧洲中心主义倾向，强调歌德的世界主义。

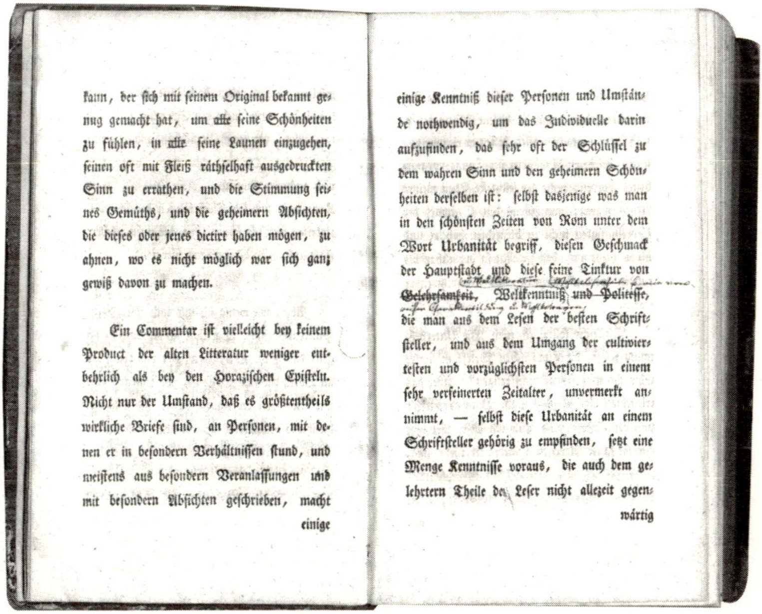

kann, der sich mit seinem Original bekannt ge-
nug gemacht hat, um alle seine Schönheiten
zu fühlen, in alle seine Launen einzugehen,
seinen oft mit Fleiß räthselhaft ausgedruckten
Sinn zu errathen, und die Stimmung sei-
nes Gemüths, und die geheimern Absichten,
die dieses oder jenes dictirt haben mögen, zu
ahnen, wo es nicht möglich war sich ganz
gewiß davon zu machen.

Ein Commentar ist vielleicht bey keinem
Product der alten Litteratur weniger ent-
behrlich als bey den Horazischen Episteln.
Nicht nur der Umstand, daß es größtentheils
wirkliche Briefe sind, an Personen, mit de-
nen er in besondern Verhältnissen stund, und
meistens aus besondern Veranlassungen und
mit besondern Absichten geschrieben, macht
einige

einige Kenntniß dieser Personen und Umstän-
de nothwendig, um das Individuelle darin
aufzufinden, das sehr oft der Schlüssel zu
dem wahren Sinn und den geheimern Schön-
heiten derselben ist: selbst dasjenige was man
in den schönsten Zeiten von Rom unter dem
Wort Urbanität begriff, diesen Geschmack
der Hauptstadt und diese feine Tinktur von
Gelehrsamkeit, Weltkenntniß und Politesse,
die man aus dem Lesen der besten Schrift-
steller, und aus dem Umgang der cultivier-
testen und vorzüglichsten Personen in einem
sehr verfeinerten Zeitalter, unvermerkt an-
nimmt, — selbst diese Urbanität an einem
Schriftsteller gehörig zu empfinden, setzt eine
Menge Kenntnisse voraus, die auch dem ge-
lehrten Theile der Leser nicht allezeit gegen-
wärtig

图 2　维兰德（Christoph M. Wieland, 1733—1813）的贺拉斯书简翻译修订手稿（1790）：Politesse → Weltlitteratur

成，即罗马的“都城品位”，也就是“世界见识和世界文学之着色”（feine Tinktur von Weltkenntniß u. Weltlitteratur）。维兰德在修订稿中用“世界文学”替换了原先译稿中的法语

"politesse"（礼俗）。此处"文学"乃见多识广的"世界人士"（homme du monde）之雅兴[1]；此处"世界"也与歌德的用法完全不同，指的是"大千世界"的教养文化。无论如何，已经没有理由仍然把"世界文学"一词看作歌德之创，也不能略加限定地把它看作歌德所造新词，如一些学者依然所做的那样。持这一观点的人一般认为，这个概念于1827年在歌德那里获得了世界主义语义。从已经发现的材料来看，这个观点也是靠不住的。

"世界文学"这个有口皆碑的所谓"歌德概念"，不只是在维兰德1790年手稿之前，更是在歌德启用这一概念之前的54年就已出现！施勒策尔早在1773年就提出这个概念，将之引入欧洲思想。[2]当时任教于哥廷根大学的施勒策尔是那个时代最著名的德意志史学家之一，其影响不限于德意志疆土。

---

1 Cf. Hans J. Weitz, "'Weltliteratur' zuerst bei Wieland", in *Arcadia* 22, 1987, S. 206-208.

2 Cf. Wolfgang Schamoni, "'Weltliteratur' - zuerst 1773 bei August Ludwig Schlözer", in *Arcadia* 43, Nr. 2, 2008, S. 288-298. 沙莫尼在文中指出，斯堪的纳维亚学者克里斯特曼森已于2007年在其论文《德意志文学中的北欧转向》（Gauti Kristmannsson, "The Nordic Turn in German Literature", *Edingburgh German Yearbook*, Vol. 1, pp. 63-72）中指出（接下页）

他也是最早关注北欧的德意志学者之一，著有《北方通史》（*Allgemeine nordische Geschichte*, 1771）。他于1773年发表另一论著《冰岛文学与历史》[1]，书中写道：

> 对于整个世界文学（Weltliteratur）来说，中世纪的冰岛文学同样重要，可是其大部分内容除了北方以外还鲜为人知，不像那个昏暗时代的盎格鲁—撒克逊文学、爱尔兰文学、俄罗斯文学、拜占庭文学、希伯来文学、阿拉伯文学和中国文学那样。[2]

---

（接上页）施勒策尔启用“世界文学”概念。其实，施勒策尔使用“世界文学”一词的关键语录，已见之于伦皮基发表于1920年的专著《19世纪以前的德意志文学研究史》（Sigmund von Lempicki, *Geschichte der deutschen Literaturwissenschaft bis zum Ende des 18. Jahrhunderts*, Göttingen: Vandenhoeck & Ruprecht, 1968, S. 418）。

1 August Ludwig von Schlözer, *Isländische Litteratur und Geschichte*, Göttingen, Gotha: Dieterich, 1773.

2 August Ludwig von Schlözer, *Isländische Litteratur und Geschichte*, Göttingen, Gotha: Dieterich, 1773, S. 2. ——着重号系笔者所加

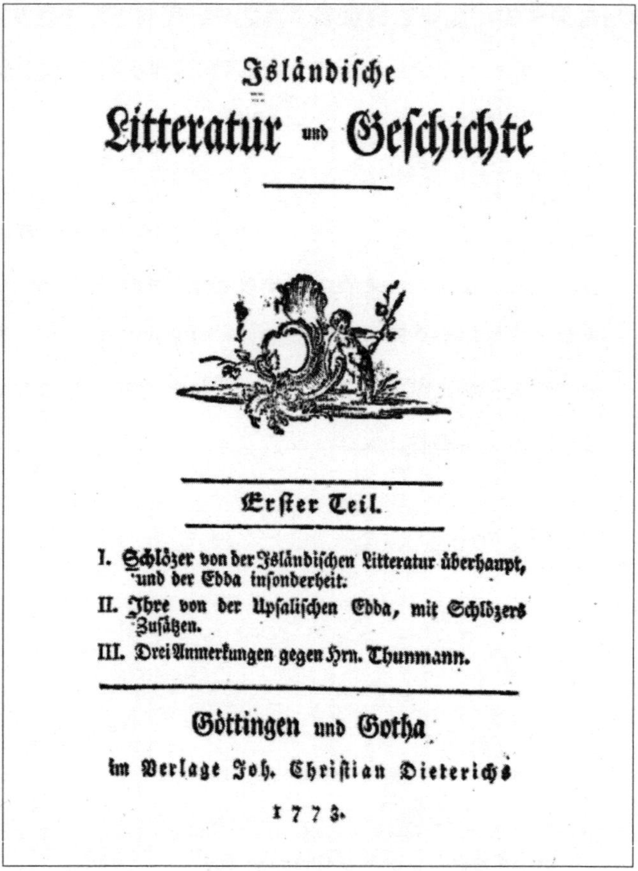

Isländische

Litteratur und Geschichte

Erster Teil.

I. Schlözer von der Isländischen Litteratur überhaupt, und der Edda insonderheit.

II. Ihre von der Upsalischen Edda, mit Schlözers Zusätzen.

III. Drei Anmerkungen gegen Hrn. Thunmann.

Göttingen und Gotha

im Verlage Joh. Christian Dieterichs

1773.

图 3-1　施勒策尔:《冰岛文学与历史》(第一部分，1773) 书影

Es giebt eine eigene Isländische Litteratur aus dem Mittelalter, die für die gesammte Weltlitteratur eben so wichtig, und großenteils außer dem Norden noch eben so unbekannt, als die Angelsächsische, Irrländische, Rußische, Byzantische, Hebräische, Arabische, und Sinesische, aus eben diesen düstern Zeiten, ist. Hier sind die Grundstriche zu ihrer Geschichte.

图 3-2 施勒策尔:《冰岛文学与历史》(第一部分)第 2 页:“对于整个世界文学来说,[……]”

没有证据显示歌德读过或没有读过施勒策尔的著作。事实是，这个概念及与之相关的普世主义，已在 1773 年出现，早于歌德半个世纪。“世界文学”概念并非一个文学家或文论家的首创，而是出自一个历史学家之手，带着历史学家的目光。将冰岛文学这一“小”文学与七种“大”文学相提并论，折射出启蒙运动的巨大动力，旨在推进世界文学的现代观念。[1]

毋庸置疑，歌德对“世界文学”概念的确立和流传做出了重大贡献，而说这个概念最初并不源自歌德，还有更深层的思想根源。这里不只涉及这一词语本身，而是孕育和生发世界文学思想的思潮。一个重要贡献来自赫尔德。在施勒策尔发表其《冰岛文学与历史》的同一年，赫尔德与歌德、弗里西（Paolo Frisi）、莫泽尔（Justus Möser）一起主编的《论德意志艺术》（*Von deutscher Art und Kunst*）出版，其中不仅载有狂飙突进运动的宣言，亦鼓吹民族文学或人民文学。

“民族文学”（National-Litteratur）概念首先见于德语，第一次或许见于瑞士神学家迈斯特尔（Leonhard Meister）的书名《论德语的历史和民族文学》（1777）。[2] 在这之前，赫尔德已在其残稿《论新近德意志文学》（1767）中论及“民族文

1 Cf. Gauti Kristmannsson, “Die Entdeckung der Weltliteratur”, in Andreas F. Kelletat und Aleksey Tashinskiy (Hrsg.), *Übersetzer als Entdecker: Ihr Leben und Werk als Gegenstand Translationswissenschaftlicher und Literaturgeschichtlicher Forschung, Berlin: Frank & Timme,* 2014, S. 359-360.

2 Leonhard Meister, *Beyträge zur Geschichte der teutschen Sprache und National-Litteratur*, London: typographische Gesellschaft, 1777.

学”（Litterature einer Nation[1]）。那个时期出现了不少“德意志”刊物或文集，以凸显德意志文化认同。[2]赫尔德坚信具有“根本意义的生活形态中，一个民族的精神、语言的精神和文学的精神是高度吻合的”[3]。另外，他透过莪相（Ossian）的诗，宣称庶民中亦有文学宝藏；彼时歌德当有同样见解。赫尔德界定民族文学时，歌德也还徜徉于民族文学。历时一年半的意大利之旅（1786—1788），才改变了歌德的文化视阈，他也随之告别了文化民族主义，逐渐获得“世界”视野。

卡萨诺瓦在其《文学的世界共和国》中指出，民族文学思想主要由赫尔德倡导并产生重大影响，从德语区传遍欧洲并走向世界，此乃所谓“赫尔德效应”[4]。“民族文学”与“世界文学”这两个概念相辅相成：前者是后者最重要的组成部分，而

---

1 Johann G. Herder, “Ueber die neuere Deutsche Litteratur. Erste Sammlung von Fragmenten. Eine Beilage zu den Briefen, die neueste Litteratur betreffend (1767)”, in Bernhard Suphan (Hrsg.), *Sämtliche Werke I*, Berlin, 1877, S. 148.

2 Cf. Manfred Koch, *Weimaraner Weltbewohner: Zur Genese von Goethes Begriff “Weltliteratur”*, Tübingen: Niemeyer, 2002, S. 89.

3 Cf. Manfred Koch, *Weimaraner Weltbewohner: Zur Genese von Goethes Begriff “Weltliteratur”*, Tübingen: Niemeyer, 2002, S. 116.

4 Cf. Pascale Casanova, *The World Republic of Letters*, trans. M. B. DeBevoise, Cambridge, Mass. and London: Harvard University Press, 2004, pp. 75-81.

没有后者，前者只能是地方的；没有比照对象，民族文学也就失去了与世界上重要作品媲美的可能性。赫尔德也是世界文学的精神先驱之一，他的著述明显体现出民族文学与世界文学的关系。[1] 饶有趣味的是，“世界文学”概念的发祥地，还处在国族形成（nation-building）过程中。[2]

歌德《诗与真》（1811—1812）中的一段话，是世界文学讨论中的一段名言，讲述他1770年在斯特拉斯堡与赫尔德的相遇：

> 他［赫尔德］在其先行者洛斯（Robert Lowth）之后对希伯来诗艺之极有见地的探讨，他激励我们在阿尔萨斯收集世代相传的民歌。这些诗歌形式的最古老的文献能够证明，诗艺全然是世界天资和人民天分，绝非个别高雅之

1 Cf. Andreas F. Kelletat, *Herder und die Weltliteratur: Zur Geschichte des Übersetzens im 18. Jahrhundert*, Frankfurt: Peter Lang, 1984.

2 Cf. Joseph Jurt, *"Das Konzept der Weltliteratur - ein erster Entwurf eines internationalen literarischen Feldes?"*, in Norbert Bachleither (Hrsg.), *"Die Bienen fremder Literaturen" : der Literarische Transfer zwischen Großbritannien, Frankreich und dem deutschsprachigen Raum im Zeitalter der Weltliteratur (1770-1850)*, Wiesbaden: Harrassowitz, 2012, S. 23.

士的私人禀赋。[1]

这段语录中的“世界”常被歌德研究者看作其世界文学思想的序曲，这当然不无道理。可是，若无赫尔德，这个概念在歌德那里或许不会获得如此重要的意义。赫尔德在这个概念形成之前，就已怀有同样的思绪。另外，我们在其早期著述中常能见到“世界命运”（Weltschicksal）、“世界历史”（Weltgeschichte）、“世界事件”（Weltbegebenheiten）、“世界变化”（Weltveränderung）、“世界公民”（Weltbürger）等概念。[2]

“世界文学”概念不只拘囿于自己的实际意义，它还连接着更宽阔的历史和体系语境，同其他一些近代以来与“世界”二字组合而成的重要概念密切相关。“世界一”概念旨

1 Johann Wolfgang Goethe, *Dichtung und Wahrheit*, in *Sämtliche Werke, Briefe, Tagebücher und Gespräche*, 40 Bde., hrsg. von Friedmar Apel, Hendrik Birus et al., Frankfurt: Deutscher Klassiker Verlag, 1986-1999, Bd. 14, S. 445. 以下简写为 Goethe, *Sämtliche Werke, Briefe, Tagebücher und Gespräche* (FA)。

2 Cf. Gauti Kristmannsson, “Die Entdeckung der Weltliteratur”, in Andreas F. Kelletat und Aleksey Tashinskiy (Hrsg.), *Übersetzer als Entdecker: Ihr Leben und Werk als Gegenstand Translationswissenschaftlicher und Literaturgeschichtlicher Forschung*, Berlin: Frank & Timme, 2014, S. 355.

在涵盖某种存在之整体，如康德的“Weltanschauung”（世界观）、谢林的“Weltseele”（世界灵魂），均属整体论的理想主义。[1] 1770年至1830年有一股强劲的“世界”热，一些同属普遍主义的概念脱颖而出，其中有许多今天依然很重要的观念，以及一些今天还被看重的价值观与全球思维方式。也是自18世纪70年代起，歌德时常谈及世界，“世界诗歌”（Weltpoesie）、“世界文化”（Weltkultur）以及“世界历史”“世界灵魂”“世界公民”“世界事件”等词语组合，常见于他的言说。就世界文学而言，歌德很早就认识到文学场的某些特有规律使得交流过程成为特殊的文学景观，可是这要到很久以后亦即19世纪20年代末期才被他明确描述。而在19世纪早期的法国，席勒的《奥尔良的姑娘》（*Die Jungfrau von Orléans*, 1801）的法文本译者德谢（Jean J. Derché），最先提出了欧洲文化网络意义上的“文学世界主义”[2]。

---

1 Cf. Bernard Franco, “Comparative Literature and World Literature: From Goethe to Globalization”.（“何谓世界文学？”会议论文）

2 Cf. Galin Tihanov, “The Location of World Literature”.（“何谓世界文学？”会议论文）

最后，我们还须提及施特里希（Fritz Strich）在歌德研究的标志性著作《歌德与世界文学》（1946）中所强调的视角，即个人经历对歌德世界文学思想的发展起了很大的催化作用：

> 歌德感到特别惊奇，自己那些隐居在状态中创作的作品，完全是为了释放自己，为了自己更好的养成而写的，最后居然能在世界上产生如此巨大的反响，接连不断地传到他这个年迈文学家的耳里。这一世界反响有益于他的身心，让他感到幸福，从而成为他呼唤和促进世界文学的最重要的动机，要让所在都有他这种福祉。[1]

## 三、莫衷一是，或歌德对“世界文学”的不同理解

“世界文学”是晚年歌德最成功的用词之一，不仅很快在德意志土地上站稳脚跟，而且在外域获得很大反响。歌德诸多文论著述，足以见出他对世界上相去甚远的文学之百科全书式的通览：从近东和远东文学，到欧洲古代经典、中世纪和当代

---

1 Fritz Strich, *Goethe und die Weltliteratur*, Bern: Francke, 1957(1946), S. 31.

民族文学，他的涉猎程度令人惊叹。此外，歌德的大量译作不仅译自欧洲常见语言（希腊语、拉丁语、法语、西班牙语和英语），还经由各种途径涉及《旧约》和《可兰经》、阿拉伯古典诗歌、古代冰岛神话诗集《埃达》，还有摩尔、塞尔维亚和其他许多地方的民歌。最后还有他在《东西诗集》（*West-östlicher Divan*, 1819）和《中德四季晨昏杂咏》（*Chinesisch-Deutsche Jahres- und Tageszeiten*, 1829）中对波斯和中国诗歌的颇具创造性的接受。弗里德尔（Egon Friedell）在其专著《近代文化史》中刻画了歌德个性的一个基本前提，使他自己得以成为世界文学理念的楷模：

> 没有什么能真正损害歌德，这是他的天性：汲取优良的和劣等的、高尚的和低贱的、陌生的和熟识的养分，他却依然是他；如同人的肌体，摄取和消化完全不同的食物，总在培育同样的细胞，歌德如此造就的还是歌德，没有什么能长久地阻碍他的生长。[1]

1 Egon Friedell, *Kulturgeschichte der Neuzeit*, München: dtv, 1976, Bd. 2, S. 883.

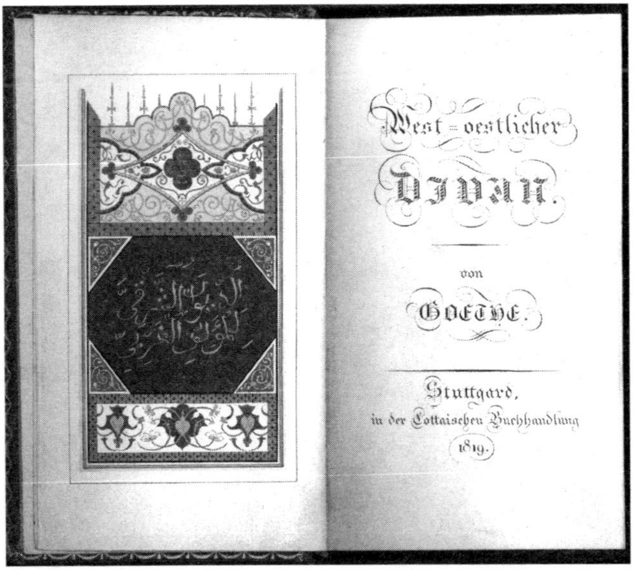


图 4　歌德《东西诗集》书影（Goethe, *West-östlcher Divan*,1819）

无人能像尼采那样凸显歌德如何超越其生活时代的民族界线：“从任何角度来看，歌德都超脱于德意志人，迄今依然如此：他永远不属于他们。”尼采在其《人性的，太人性的》（1876—1880）中如是说：

> 如贝多芬超越德意志人作曲，叔本华超越德意志人潜心哲学，歌德则超越德意志人创作《塔索》和《伊菲格尼》。只有极少数精英能跟得上他，古典、生活和游历锤炼之人，超然于德意志本性的人：歌德自己只愿如此。[1]

再回到“世界文学”概念。兰平（Dieter Lamping）在其论著《世界文学之思：歌德的设想及其腾达生涯》中指出：

> ［歌德］在不同场合用过这一表述，却都只是简短提及而已。细看他的零散说辞，很快就能见出，他对“世界文学”有着不同的理解，即便他清晰地偏向某种理解。[2]

歌德究竟偏向哪种理解，似乎并不容易完全弄清。查阅相关研究文献，同样很难理清思路，就像兰平所强调的那样，可是他并不悲观：

---

1 Friedrich Nietzsche, “Menschliches, Allzumenschliches”, in Giorgio Colli und Mazzino Montinar (Hrsg.), *Sämtliche Werke: Kritische Studienausgabe*, München: dtv, 1980, II, S. 448–449.

2 Dieter Lamping, *Die Idee der Weltliteratur. Ein Konzept Goethes und seine Karriere*, Stuttgart: Alfred Kröner, 2010, S. 11.

> 这种多义性有点令人困惑，尤其是文学研究者采用这一表述时所理解的完全不同的含义，总是援恃歌德。然而，歌德关于世界文学的诸多说法，完全可以理出一个合理的头绪。[1]

兰平之说能够成立。自 1827 年初起，歌德开始并多次在书评、文章、信件和交谈中明确谈论“世界文学”。[2] 他在晚年极为关注欧洲报业的兴起，尤其是法国的文学刊物，其中又特别赏识 1826 年创刊的浪漫派刊物《环球杂志》(*Le Globe*)，并时常摘录和翻译该报文章。[3] 歌德对自己的剧作《塔索》被

---

1 Dieter Lamping, *Die Idee der Weltliteratur. Ein Konzept Goethes und seine Karriere*, Stuttgart: Alfred Kröner, 2010, S. 11.

2 歌德在二十处说过“世界文学”，见施特里希的系统梳理：Fritz Strich, *Goethe und die Weltliteratur*, Bern: Francke, 1957 (1946) , S. 369-372； 另 见 Xavier Landrin, “La semantique historique de la Weltliteratur: Genèse conceptuelle et usages savants” , in Anna Boschetti ed., *L' Espace culturel transnational*, Paris: Nouveau Monde Editions, 2010, pp. 96-99。

3 歌德与《环球杂志》关系密切，这是他观察世界的窗口之一。从他保存的《环球杂志》可以确定，他无疑读过其中 295 篇文章；并且，202 篇文章中留有他的勾画记号（cf. Heinz Hamm, *Goethe und die französische Zeitschrift "Le Globe." Eine Lektüre im Zeitalter der Weltliteratur*, Weimar: Böhlau, 1998, S. 15）。

译成法语甚是欣喜。他在1827年1月15日的简短日记中，第一次写下“世界文学”字样：“让舒哈特记下法国文学和世界文学。”[1]他又在1月26日给哥达（Johann F. Cotta）的信中说：“我们现在必须特别关注外国文学，人家已经开始关注我们。”[2]次日，他在给作家和翻译家施特赖克福斯（Adolph F. Streckfuß）的信中表达了他的信念：“我相信，世界文学正在形成，所有民族都对此感兴趣，因而都迈出了可喜的步子。”[3]（顺便说一句：许多“世界文学”论者，尤其是中国学者，喜欢说歌德是在阅读中国文学时才第一次说出“世界文学”[4]，这是讹误！）

也是在1827年初，歌德在《艺术与古代》[5]杂志第6卷第

1 *Goethe: Werke* (Weimarer Ausgabe), München: dtv, 1987, Bd. 11, S. 8.

2 "Goethe an Cotta" (26. 01. 1827), *Goethe: Werke* (WA), Bd. 42, S. 27.

3 "Goethe an Streckfu?" (27. 01. 1827), *Goethe: Werke* (WA), Bd. 42, S. 28.

4 关于此说，见王宁《丧钟为谁而鸣——比较文学的民族性和世界性》(《探索与争鸣》2016年第7期)：“今天的中国读者们也许已经忘记了歌德读过的《好逑传》《老生儿》《花笺记》《玉娇梨》这样一些在中国文学史上并不占重要地位的作品，但正是这些作品启发了年逾古稀的歌德，使他得出了具有普遍意义的‘世界文学’概念。”

5 1816年创刊的《艺术与古代》(*Ueber Kunst und Alterthum*)是歌德去世前十六年中广交文友、相互交流的重要刊物。三分之二的文字出自歌德之手，这是他的杂志。另外，他认为翻译和评论外国文学是其刊物的任务，该刊不仅报道外国文学动态，也持续介绍德意志作品在外国的接受状况。

1册转载了对迪瓦勒（Alexandre Duval）编译的《塔索》的两篇书评，一篇出自《商报》（*Journal du Commerce*），另一篇出自《环球杂志》。歌德在评论这两篇书评时写下如下结语，第一次公开说及“世界文学”：

> 我转载法国报刊上的讯息，目的绝不在于记起我和我的工作；我在指向一个更高的目的，我就稍微谈一下这个目的。人们到处都可听到和读到，人类在阔步前进，还有世界关系以及人际关系更为广阔的前景。不管这在总体上会有何特性，[……] 我仍想从我这方面提醒我的朋友们注意，我坚信一种普遍的世界文学正在形成，我们德意志人可在其中扮演光荣的角色。[1]

最后，歌德于1827年1月31日在与爱克曼（Johann Eckermann）的谈话中表达了后来闻名遐迩的观点：

1 Goethe, *Sämtliche Werke, Briefe, Tagebücher und Gespräche* (FA), Bd. 12, S. 356.

我喜欢纵览域外民族，也劝每个人都这么做。民族文学现在已经算不了什么，轮到世界文学时代了；现在每个人都应出力，促成其尽快来临。[1]

图5　歌德与爱克曼（1831），施梅勒（Johann Joseph Schmeller, 1796—1841）绘

1 Goethe, *Sämtliche Werke, Briefe, Tagebücher und Gespräche* (FA), Bd. 12, S. 952.

法国《环球杂志》于1827年11月1日援引歌德之说，但将歌德的“世界文学”概念替换成“西方文学或欧洲文学”（littérature occidentale ou européenne），这在很大程度上符合歌德“世界文学”的原意。换言之，他当初想象的世界文学是欧洲文学，如他主编的杂志《艺术与古代》第6卷第3册（1829）的题旨明确显示的那样：“欧洲文学，即世界文学（Europäische, d. h. Welt-Litteratur）。”[1]

毫无疑问，歌德是一个极为开放的人，但他有着明确的等级观念。“中国、印度、埃及之古代，终究只是稀奇古怪之物”，他如此写道，“自己了解并让世界了解它们，总是一件好事；但它们不会给我们的品德和审美教育带来多少助益”。[2]他建议自己的秘书里默尔：“您还是留在希腊地区吧，没什么比那里更好；那个民族懂得如何从千百朵玫瑰中提炼出一小瓶精

1 Goethe, *Sämtliche Werke, Briefe, Tagebücher und Gespräche* (FA), Bd. 22, S. 724-725. 关于歌德起初论及“世界文学”概念的情况，参见 Hendrik Birus, “Goethes Idee der Weltliteratur. Eine historische Vergegenwärtigung”, in Manfred Schmling (Hrsg.), *Weltliteratur heute: Konzepte und Perspektiven*, Würzburg: Königshausen & Neumann, 1995, S. 11-12。

2 Goethe, *Sämtliche Werke, Briefe, Tagebücher und Gespräche* (FA), Bd. 13, S. 175.

油。”[1]显然，歌德无法超越他所生活的时代，他既没读过道家经典，也不知道全球文化促进的早期形式，就如印度经济学家阿马蒂亚 · 森（Amartya Sen）批判西方文化帝国主义时经常提及的那样。阿马蒂亚 · 森最喜欢举的例子是今天藏于大英博物馆的佛教《金刚经》。该书由鸠摩罗什从梵文译入汉语，用中国印刷术制作；这一全世界最古老的完整印刷书籍，几乎在古腾堡《圣经》之前600年就奠定了图书时代。

德意志文学家对古希腊的钟爱是众所周知的，这在温克尔曼之后仿佛成了德意志人之文学认同的组成部分。这种认同感颇为强烈，甚至可被看作“民族”而非“跨民族”之感受。[2]歌德在同爱克曼的谈话中如此解释自己的思想：

> 但在赏识外国事物时，我们不能固守有些奇特之物并视之为典范。我们不必认为来自中国或塞尔维亚的东西就是这样的，也不必这样看卡尔德隆或尼伯龙根；而在需求典范之时，我们始终必须返回古希腊，那里的作品总是表

1 “Goethe an Riemer” (25. 05. 1816), in Goethe, *Sämtliche Werke, Briefe, Tagebücher und Gespräche* (FA), Bd. 7, S. 594.

2 Cf. Gauti Kristmannsson, “Die Entdeckung der Weltliteratur”, S. 362.

现完美之人。其他一切事物，我们仅须历史地看待；如可能的话，从中汲取好东西。[1]

偏偏是歌德这位“世界文学”旗手，固执于欧洲古典精神，似乎让人难以理解，但我们无须惊诧，那是时代的局限。就连那个时代最重要的梵语专家威廉·洪堡（Wilhelm von Humboldt），也对歌德关于印度诗歌的负面评价表示赞同：

我无法从中获得趣味，依然坚持我的观点，希腊、罗马之物所拥有的高度和深度、素朴和多彩、分寸和适度，谁都休想企及，我们永远没有走出此道的必要。[2]

洪堡在其印度研究达到巅峰之时，还在书信中坦言：

我希望能有机会好好说一下，希腊语和希腊古代依然

1 Goethe, *Sämtliche Werke, Briefe, Tagebücher und Gespräche* (FA), Bd. 12, S. 225.

2 “Wilhelm von Humboldt an Goethe” (15. 05. 1821), in Ludwig Geiger (Hrsg.), *Goethe, Briefwechsel mit Wilhelm und Alexander von Humboldt*, Berlin: Bondy, 1909, S. 247-248.

是人类精神所能成就的最精粹境界。人们可以称誉梵语，但它不及希腊语；很简单，就语言而言，这会是我永久的信念。[1]

我们不应忘记，歌德是在78岁高龄，也就是去世前五年，倡导“世界文学”思想；他更多的只是顺带提及，且不乏矛盾之处，并非后来的比较文学所要让人知道的系统设想，且把“世界文学”看作这个专业的基本概念。[2]歌德所用的这个概念，绝非指称整个世界的文学。并且，他的世界文学理念，所指既非数量亦非品质，既不包括当时所知的所有文学，也不涉及各种民族文学的经典作品，基本上只顾及德意志、法兰西、大不列颠和意大利文学，间或稍带其他一些欧洲国家的

1 “Wilhelm von Humboldt an Friedrich Gottlieb Welcker” (Anfang 1826), in Rudolf Haym (Hrsg.), *Wilhelm von Humboldt, Briefe an F. G. Welcker*, Berlin: Gärtner, 1859, S. 134.

2 关于“世界文学”在比较文学研究中的运用，参见 Xavier Landrin, “La semantique historique de la Weltliteratur: Genèse conceptuelle et usages savants”, in *L’Espace culturel transnational*, pp. 79-95。

民间文学，偶尔也会谈论几句欧洲以外事物。[1]艾田蒲（René Étiemble）也曾指出，仍有学者论及见之于歌德观点的“德意志中心主义”[2]。博南凯普（Anne Bohnenkamp）甚至说，今人所运用的这个因歌德而发迹的术语，多半“与歌德对这个概念的想象几乎没有共同之处”[3]。

## 四、“世界文学”vs.“全球文学”：何为经典？

当今对歌德之世界文学论说的讨论颇为活跃。原因很简单：“世界文学”是当代围绕“全球文学”的国际论争的焦点之一，而各种讨论多半从歌德的“世界文学”概念说起，或追溯至歌德并探寻这个概念在他以后的发展。可是，“没有一种

1 Cf. Joseph Jurt, “Das Konzept der Weltliteratur - ein erster Entwurf eines internationalen literarischen Feldes?”, in Norbert Bachleither (Hrsg.), *“Die Bienen fremder Literaturen”: der Literarische Transfer zwischen Großbritannien, Frankreich und dem deutschsprachigen Raum im Zeitalter der Weltliteratur (1770-1850)*, Wiesbaden: Harrassowitz, 2012, S. 43-44.

2 Cf. René Étiemble, *Essais de littérature (vraiment) générale*, Paris: Gallimard, 1974, p. 15.

3 Anne Bohnenkamp, in Goethe, *Sämtliche Werke, Briefe, Tagebücher und Gespräche* (FA), Bd. 22, S. 938.

世界文学定义获得普遍认同”[1]。一方面，歌德的世界文学思考被当作理论，从而被过分拔高。另一方面，人们开始诘问，这个“歌德概念”究竟指什么？人们能用它做什么？歌德曾把正在形成的世界文学看作历史快速发展的结果，而他所说的“这个高速时代和不断简便的交流”[2]和由此而来的“自由的精神贸易”[3]，在国际化和全球化的今天，达到了他无法想象和前所未有的程度，并在很大程度上影响了当今的世界文学观念，这也是“全球文学”观念的时代基础。在一个全球化的世界，语言和国族的界线对于思想已经在很大程度上失去意义；政治、社会、经济和文化上的国族界线，仿佛只是为了被跨越而存在着。

在不少人指出歌德式“世界文学”概念的欧洲中心主义蕴涵同时或之后，人们又试图重新启用这个概念，为了在今天的意义上赓续世界主义传统，抵御全球化的连带弊端。当今世界许多地方所推崇的“世界文化”概念，不仅为了描述一个因全

---

1 David Damrosch, “Frames for World Literature”.（“何谓世界文学？”会议论文）

2 Goethe, *Sämtliche Werke, Briefe, Tagebücher und Gespräche* (FA), Bd. 22, S. 427.

3 Goethe, *Sämtliche Werke, Briefe, Tagebücher und Gespräche* (FA), Bd. 22, S. 957.

球化而改变的世界，亦体现出批判性介入。而介入的一个依据亦即中心观点，来自歌德所强调的世界文学成于差异而非同一。[1] 柯马丁（Martin Kern）在《世界文学的终结与开端》一文中，较为深入地探讨了这个问题。他在"地方性和全球性的对立"语境中，提出如下问题："在不断交流、相互影响和文化、语言四处弥漫的同质化压力之下，地方的独特性如何幸存?"[2] 非常明确，他的理论依据已见于该文题词，即奥尔巴赫（Erich Auerbach）所言"世界文学思想在实现之时即被毁灭"[3]。奥尔巴赫哀叹世界上文学多样性的丧失，从而诘问歌德的世界文学理念究竟还在多大程度上适合我们这个时代。交流的根源在于差别，已经占有则无须交流。不同文学之间的调适使交流失去了丰沃的土壤。因此，人们必须更多挖掘不同文

1 Cf. Fawzi Boubia, "Goethes Theorie der Alterität und die Idee der Weltliteratur. Ein Beitrag zur neueren Kulturdebatte", in Bernd Thum (Hrsg.), *Gegenwart als kulturelles Erbe*, München: Iudicium, 1985, S. 272.

2 Martin Kern, "Ends and Beginnings of World Literature".（"何谓世界文学?"会议论文）

3 Erich Auerbach, "Philologie der Weltliteratur", in Walter Muschg und Emil Staiger (Hrsg.), *Weltliteratur: Festgabe für Fritz Strich zum 70. Geburtstag*, Bern: Francke, 1952, S. 39.

学的差异性和多样性。[1]柯马丁诟病与歌德理念背道而驰的最新发展:“对歌德而言，世界文学作为文化实践保证了各种当代文学文化相互启发和影响，然而它在今天却面临变为全球文学的威胁。全球文学并不关心文学文化来自何处，而是屈从于全球化市场的压力。”[2]因此，他认为“世界文学和全球文学的二分已变得十分紧迫。如果世界文学成于他异性、不可通约性和非同一性，那么全球文学确实是其对立面：它在单一的、市场导向的霸权下强求一律、抹除差异，出于某种同一性而非他者性将他者据为己有”[3]。当然，对于“全球文学”还有其他许多论说。

目前（西方）学界有一个共识，即“世界文学”概念不能理解为所有文学的整体，亦非世界上最佳作品之经典。世界文学是普遍的、超时代的、跨地域的文学；若要跻身于世界文学，必须是超越国族界线而在其他许多国族那里被人阅读的作

---

1 Cf. Erich Auerbach, “Philologie der Weltliteratur”, in Walter Muschg und Emil Staiger (Hrsg.), *Weltliteratur: Festgabe für Fritz Strich zum 70. Geburtstag*, Bern: Francke, 1952, S. 39-50.

2 Martin Kern, “Ends and Beginnings of World Literature”.（“何谓世界文学?”会议论文）

3 Martin Kern, “Ends and Beginnings of World Literature”.（“何谓世界文学?”会议论文）

品。施特里希在70年前提出的观点，即“只有超越国族边界的文学作品”[1]才能成为世界文学，今天依然有效；或如达姆罗什广为人知的说法，将世界文学描写为“在其原文化之外流通的文学作品”[2]。可见，世界文学在很大程度上成为一个视角问题：文学不再归于国族这一亚属体系，而首先要从国际文学场出发，以此划分不同文本和写作方法的属性和归属。若以当代多语种、多文化的斯拉夫文学为例，我们可以看到，亚属体系不仅超越了国族语境，甚至理所当然不从国族出发，一开始就是杂糅的。[3]高利克论述杜里申（Dionýz Ďurišin）的“文学间性板块”（interliterary centrism）理论时所涉及的地中海区

1 Fritz Strich, *Goethe und die Weltliteratur*, Bern: Francke, 1957(1946), S. 14.

2 David Damrosch, *What is World Literature?*, Princeton: The Pinceton University Press, 2003, p. 4.

3 围绕这个主题，德国吉森大学（Universität Gießen）于2014年11月13—14日举办了一个学术研讨会：“作为世界文学的当代斯拉夫文学：杂合局面”（Slavische Literaturen der Gegenwart als Weltliteratur. Hybride Konstellationen - Über die neuere Entwicklung der slavischen Literaturen）。关于斯拉夫文学的最新发展，参见 Reinhard Lauer (Hrsg.), *Die slavischen Literaturen heute*, Wiesbaden: Harrassowitz, 2000。

域文学，可以很好地用来说明这种现象。[1]跨语言、超国界现象亦见诸缘于政治关系的集团利益而生发的区域文学。狄泽林克（Hugo Dyserinck）在论述东欧剧变之前杜里申倡导的“社会主义文学的综合”时早就指出，“我们能够在那里看到一种超国界的、由单一文学组成的多国整体模式，从东欧的立场出发，[……]”。[2]

当代“世界文学”概念，首先不再强调国族归属。这对文学研究来说，也就意味着重点转移，告别按照语言划分的国族文学的比较研究。研究重心在于揭示诸多文学及其场域之间的关联和界线。弗莱泽（Matthias Freise）对“何谓世界文学”的理解是：

> 其核心问题是普世性与地方性的关系。这一论题提示我们，可以用关系取代本质主义视角来观察作为现象的世

1 Cf. Marián Gálik, "Some Remarks on the Concept of World Literature after 2000"（“何谓世界文学?”会议论文）; Ivo Pospíšil and Miloš Zelenka, eds., *Centrisme interlittéraire des littératures de l' Europe centrale*, Brno: Masarykova universita, 1999; Dionýz Ďurišin and A. Gnisci, eds., *Il Mediterraneo. Una rete interetteria*, Roma: Bulzoni Editore, 2000.

2 [德]胡戈·狄泽林克：《比较文学导论》，方维规译，北京师范大学出版社 2009 年版，第 68 页。

界文学。我认为，世界文学必须作为一种网状关系，而非一组客观对象，比如一组文学文本来理解。这些关系的中心问题之一，就是普世性与地方性之间的张力。我们把客观对象和诸关系按照不同系统鉴别分类，世界文学的不同理解首先就从这种差异中产生。理解作为关系的世界文学，提醒我们关注其过程性。世界文学并不存在，而是在发生。[1]

我们再回到“全球文学”。其诉求是从全球视角出发，打破文学生产中的中心与边缘的界线，也就是一开始就应在跨国族的架构中思考文化生产的发生和形成。语言多样性和更换国家（居住地）对写作产生深刻影响；并且，由此产生的文学分布于世界上的不同语言、文化和地域。就文学生产而言，国族文学的界线尤其在西方国家不断被消解，新的文学形式不时出现，很难再用惯常的范畴来归纳。在欧美国家，我们几乎到处可以看到杂合文学，也就是不只属于一个国家的文学，比如德国的德 / 土文学，见之于土耳其裔移民女作家欧茨达玛

1 Matthias Freise, “Four Perspectives on World Literature: Reader, Producer, Text, and System”.（“何谓世界文学？”会议论文）

（Emine Sevgi Özdamar）和蔡莫格鲁（Feridun Zaimoglu）那样的作家；又如出生于罗马尼亚的德国女作家、诺贝尔文学奖获得者米勒（Herta Müller），介于罗马尼亚和德国之间，她以写作德裔罗马尼亚人在苏俄统摄东欧时的遭遇著称。

政治和社会的变化常会给人带来时空上的重新定位，这在当代常与全球化和跨国发展紧密相连，即所谓"走向世界"。当代斯拉夫文学的转向，随着社会主义制度的崩溃和随之而来的社会转型而发生，许多文学文本不再拘囿于国族的单一文化和单一语言的文学传统。黑蒙（Aleksandar Hemon）的写作语言是英语和波斯尼亚语，金亚娜（Yana Djin）和卡波维奇（Katia Kapovich）的写作语言是英语和俄语，青格尔（Gala-Dana Zinger）的写作语言是俄语和希伯来语，居住在苏黎世和因斯布鲁克两地的克罗地亚女作家拉吉西奇（Dragica Rajčić）在其作品中发展了外籍劳工德语，尤里耶夫（Oleg Jur'ev）和马蒂诺瓦（Ol'ga Martynova）的写作语言是俄语和德语，马尔科维奇（Barbi Marković）将奥地利作家伯恩哈德（Thomas Bernhard）的小说《步行》（*Gehen*）译入贝尔格莱德的21世纪塞尔维亚语。这些现象既会在文本内部也会在其所在的文学和文化场域造成"混乱"，但也释放出创新之潜能。[1]当今世界的许多作家不会感到自己只属于某个单一文化，他们有着全球认同。这是一个非常典型、到处可见的现象，它与旅行和国际性相关。这些作家作品的明显特色是语言转换和多语言，以及对于世界各种文化的多元视角，从而带来社会及学术聚焦的移位，突破了以往语言、文学、历史（文化）的三维组合。[2]将作家团聚在一起的，不是他们的来源地、语言和肤色；团聚或分离作家的，是他们对世界的态度。

论述世界文学，不可能不谈"经典"或曰"正典"。那些在全世界得到广泛传播、在世界人民眼中具有重要意义的有声望的作品，可被看作世界文学，这基本上依然是一个共识。歌德使用的"世界文学"是指超越民族的世界主义精神所创作的文学。对歌德来说，不是每一部在世界传播的作品就必然属于世界文学，能够获此殊荣的关键是文本的艺术价值及其对世界

---

1 参见"作为世界文学的当代斯拉夫文学：杂合局面"会议文集；另参见：Reinhard Lauer (Hrsg)., *Die slavischen Literaturen heute, Wiesbaden: Harrassowitz, 2000*。

2 Cf. David Damrosch, *What is World Literature?*, Princeton: The Princeton University Press, 2003; Ottmar Ette, *ÜberLebenswissen. Die Aufgabe der Philologie*, Berlin: Kadmos, 2004; Mads Rosendahl Thomsen, *Mapping World Literature: International Canonization and Transnational Literatures*, New York: Contiuum, 2008.

上众多文学的影响（在歌德那里，“超越民族的世界主义精神”中的“世界主义”，如前所述，不完全是今人理解的“世界主义”，他的“世界”偏重“欧洲”）。

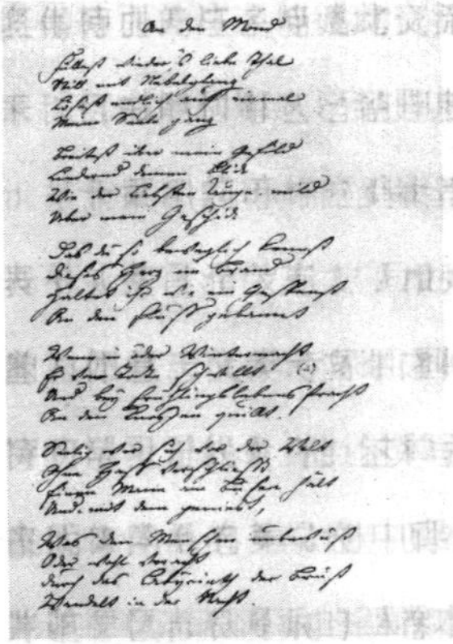

图 6-1 歌德诗作《对月》手稿片段

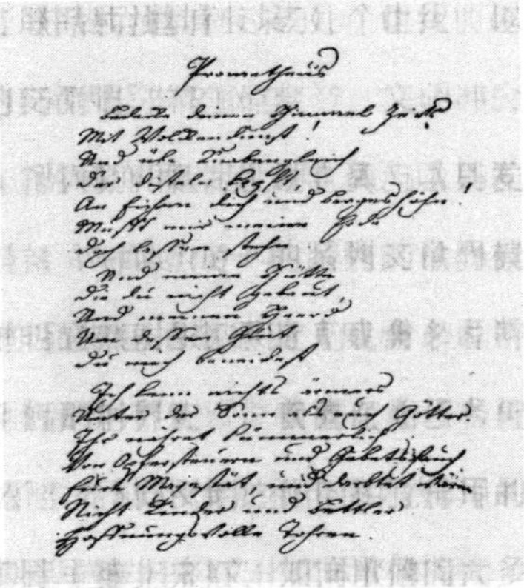

图 6-2 歌德诗作《普罗米修斯》手稿片段

德国文学理论家从来就有神化歌德及其“世界文学”意义的倾向，这有其深层根由。人们时常谈论如何克服国族文学思维，旨在抛弃“往后看的‘老式德意志爱国主义’艺术”[1]。这

1 Dieter Lamping, *Die Idee der Weltliteratur. Ein Konzept Goethes und seine Karriere*, Stuttgart: Alfred kröner, 2010, S. 66.

当然完全可以与歌德在1827年1月底和爱克曼谈话时的那段关于民族文学和世界文学的语录联系起来看。格森斯（Peter Goßens）在其论著《世界文学：19世纪跨国族文学感受的各种模式》（2011）中的思考，基本上也注重这一思想层面。联系歌德与爱克曼的谈话，他写道：

> 一件艺术作品的当代成就[……]不仅取决于创作者的技艺以及他对国族艺术的意义。靠技巧和文学作品的愉悦价值所赢得的声望是短暂的，这对世界文学思想没有多少意义。这里更为关键的问题是，作家及其作品是否成功地破除了国族文化的界线并诉诸文学艺术实践。[1]

这里或许可以见出本雅明关于作品通过翻译而“长存”（Fortleben）的说法。葡萄牙作家、诺贝尔文学奖获得者萨拉马戈（José Saramago）说过一句精辟之语：“作家用其语言创造国族文学，世界文学则由译者造就。”[2]他的世界声誉便得

---

1 Peter Goßens, *Weltliteratur. Modelle transnationaler Literaturwahrnehmung im 19. Jahrhundert*, Stuttgart: Metzler, 2011, S. 24.

2 Wolfgang Runkel, “Im Wort stehen”, in *Die Zeit*, Nr. 43, 10, 1997, S. 14.

归功于45位译者。格森斯则说："作家唯有看到其跨国族角色，才能在作品生成之时就把握住使作品成为世界文学组成部分的机会。"[1]与这一思路相仿的是柯马丁的说法，即世界文学不仅是达姆罗什所说的阅读模式亦即接受，"也是一种创作模式，世界文学可以被书写"[2]。另外，他还对"世界文学"做出如此解读："惟其被现时作家吸纳、为他们提供灵感，才能成为世界文学的组成部分。"[3]

另外我们又必须看到，什么作品可被列入世界文学行列，要在这方面获得普遍认可的范畴和看法是相当困难的，不同国族或人民因为文化差异而对文学的意义所见不同。在西方世界，"经典"一词从来就给人一种不言而喻的固定想象：它首先是指古代作家和艺术家的历史作品，这些作品及其作者被视为审美楷模，在"经典"（classicus）意义上被归入"上乘"。

---

1 Peter Goßens, *Weltliteratur. Modelle transnationaler Literaturwahrnehmung im 19. Jahrhundert*, Stuttgart: Metzler, 2011, S. 24.

2 ［德/美］柯马丁：《世界文学的终结与开端》，高文川译，载方维规主编《思想与方法：地方性与普世性之间的世界文学》，北京大学出版社2017年版，第111页。

3 ［德/美］柯马丁：《世界文学的终结与开端》，高文川译，载方维规主编《思想与方法：地方性与普世性之间的世界文学》，北京大学出版社2017年版，第105页。

后来文学时代遵循苏格拉底和亚里士多德审美准则、效仿他们并创作出重要作品的作家，亦被称为“经典作家”。当然，世界文学还须经得住不同时代的考验并被看作重要作品。总的说来，这个概念说的是世界文化遗产、“世界记忆”。[1] 换言之：“最佳文学作品的准确定义是，它们超越了自身的时代，从而适用于任何时代。”[2]

奥地利著名文学批评家勒夫勒（Sigrid Löffler）的《新世界文学及其伟大叙事者》（2013）[3] 一书，呈现的完全是传统“经典”的对立模式，赋予世界文学新的含义。作为 20 世纪 60 年代的非殖民化以及过去 30 年全球化的结果，一种全新的、非西方的文学破土而出。作家的不同文化认同已是常态而非例外，勒夫勒的著作正是抓住这种现象，介绍她所理解的新的世界文学最重要的代表作家，将其作品归入当代各种政治文

---

1 参见［法］伯纳德·佛朗哥《比较文学与世界文学：从歌德到全球化》，韩潇怡译，载方维规主编《思想与方法：地方性与普世性之间的世界文学》，北京大学出版社 2017 年版，第 48 页。

2 ［德/美］柯马丁：《谁来决定“杰作联合国”？——由张隆溪教授的演讲所想到的》，载方维规主编《思想与方法：地方性与普世性之间的世界文学》，北京大学出版社 2017 年版，第 31 页。

3 ［德/美］柯马丁：《世界文学的终结与开端》，高文川译，载方维规主编《思想与方法：地方性与普世性之间的世界文学》，北京大学出版社 2017 年版，第 111 页。

化冲突地带。在她看来，今天的世界文学不是西方、欧美的文学，而是源自那些太长时间受到忽略、创造力和创造性都在爆发的地方。世界文学是全球文学，是当代真实可信、叙述真实故事、发出鲜活之声的文学，是游走于不同语言和文化之间的人、往昔殖民地后裔和冲突地区的难民所写的后国族文学、移民文学。“游牧”作家是不同世界之间的译者。新的世界文学取自文化混合、冲突和生存题材，如跨国迁徙、自我丧失、异地生活和缺乏认可。应该说，勒夫勒对“世界文学”“杂合”等概念的运用并不十分明晰；该书标题宏大，但其结构安排亦即选择标准和重点放在英语文学；她的“世界文学”局限于殖民帝国瓦解后的遗产，认同危机成为创作灵感的源泉。这些都不是没有问题的，现实世界实在大得多。尽管如此，勒夫勒的主导思想却是明确的，而且具有进步意义。其实，她的“新世界文学”就是不少人新近倡导的“世界的文学”。

一般而言，“世界文学”和“世界的文学”这两个概念多半是在明确的不同语境中被运用：若说“世界文学”依然意味着作品之无可非议的重要性，那么，“世界的文学”则更多地指向世界上那些不怎么有名却能展示新方向的文学；它们不同凡响、颇有魅力，却还未在读者意识中占有重要位置。也就是说，“世界的文学”未必就是审美和经典意义的上乘之作，或得到广泛接受的作品。谈论“世界的文学”，人们面对的是浩繁的书卷、无数作品和文化传统、难以把握的界线，并在挑选时怀有开放态度。[1]

## 五、余　论

歌德没有关于世界文学的理论，这个概念的神秘效应在很大程度上缘于一个事实：它拒绝所有固定界说，就连歌德自己也回避言简意赅的界定。他的世界文学设想的中心意义，首先意味着文学的国际交流和相互接受。他曾强调说：“不能说各民族应当想法一致，他们只需相互知道，相互理解，还要——设若他们不愿相互热爱——至少学会相互容忍。”[2]在诸多关于“世界文学”观念的著述中，我们一般能见到的是歌德的乐观

---

1 Cf. Gesine Müller, "Einleitung: Die Debatte *Weltliteratur - Literaturen der Welt*", in Gesine Müller (Hrsg.), *Verlag Macht Weltliteratur: Lateinamerikanisch-deutsche Kulturtransfers zwischen internationalem Literaturbetrieb und Übersetzungspolitik*, Berlin: Tranvía-Walter Frey, 2014, S. 10–11.

2 Goethe, *Sämtliche Werke, Briefe, Tagebücher und Gespräche* (FA), Bd. 22, S. 491.

态度及其相关言论，不了解或被遮蔽的是他最迟自1831年起的否定视角，至少是怀疑态度。歌德也告诫过，人们不能只看到正在形成的世界文学的积极意义："若随着交通越来越快而不可避免的世界文学逐渐形成，那我们对这样一种世界文学不能期待过多，只能看它能做到什么和做到什么。"[1]

写作此文的目的，不仅旨在钩稽"世界文学"概念的——借用比较文学曾经喜用的说法——"事实联系"（rapports de fait），也在于呈现它在当代的最新发展。我们可以看到一些跨语言、超国界的文学走向，全球化过程中的世界认同、文学运行和经典化的生成条件，以及还未完成的概念化过程。在这一世界背景下，当代"中国文学走出去"的口号和实践显得有些不合时宜；我不愿用不少人眼中的"民族主义焦虑"形容之，但要指出，它违背文学之国际传播的一般规律。文学接受基本上是"拿来"，"接受"往往是主动行为，全世界都是如此。"输出"之一厢情愿，欲速则不达，本在意料之中。与此相伴的是一些学者切盼的比较文学"中国学派"；我要问的

1 Goethe, *Sämtliche Werke, Briefe, Tagebücher und Gespräche* (FA), Bd. 12, S. 866.

是：何在？一些学者一味强调“中国性”的说法，与世界潮流格格不入，与新的“世界文学”理念格格不入，也与“全球文学”或“世界的文学”理念格格不入。对于这些问题的讨论，详见笔者新近的另一篇文章：《理不胜辞的“世界情怀”——世界文学的中国声音及其表达困境》。[1]

（原刊《文艺研究》2017 年第 1 期）

1 方维规：《理不胜辞的“世界情怀”——世界文学的中国声音及其表达困境》，《探索与争鸣》2016 年第 11 期。

# 普遍、自由的“精神贸易”
## ——歌德“世界文学”概念的历史语义

### 一、一个口号的提出

“世界文学”(Weltliteratur)一词在歌德那里的首次出现，见于其1827年1月15日的日记，最后一次有文献记载的出处，是他1831年4月24日致波瓦塞雷(Sulpiz Boisserée)

的信函。[1]歌德提出“世界文学”，确实令人憧憬思想的自由飞翔。对于这一概念见于文字的最初反响，或许当推他自己主编的集刊《艺术与古代》(*Ueber Kunst und Alterthum*)第6卷的内容，如爱克曼(Johann Eckermann)1827年6月12日在该卷预告中所强调的那样，人们能够看到世界文学概念所蕴含的自由和思想的潜力：

> 披览歌德在这一卷中呈现和付诸语言的丰富内容，如中国丽人的诗歌，波斯的诗作，塞尔维亚欢快的歌谣，塞尔维亚的最新文学，波希米亚的诗篇，法国《环球杂志》上的文章，法文版的《塔索》等等，我们便可很容易地看到，如在该刊前几卷中已能见到的那样，他是想要把我们德意志人领出本民族的狭隘圈子，开导我们对普遍的世界文学的兴趣。由此，我们会在修身和开拓眼界方面不断受益，这是毋庸置疑的。[2]

1 关于歌德“世界文学”言说的概述，参见 Fritz Strich, *Goethe und die Weltliteratur*, Bern: Francke, 1957(1946), S. 369-372。

2 Johann Peter Eckermann, “Kunst und Alterthum von Göthe. Sechsten Bandes Erstes Heft”, in *Journal für Literatur, Kunst und geselliges Leben*, Nr. 69, 9. Juni, 1827, Sp. 545-549 und Nr. 70, 12. Juni, 1827, Sp. 553-557.

与他者相遇对于自我文化的发展来说是必要的。彼时的德意志和欧洲文化背景，特别有利于世界文学视野的拓展。在爱克曼看来，时代遇上了歌德这样一个理想的中介者，他不但能够指出世界文学的重要现象，还能身体力行世界文学：

> 看看歌德吧，他一再指明外国的美妙现象，并启发能干的天才翻译外国作品。在当今活着的作家中，没有谁能像他那样，不仅可在某种程度上被誉为欧洲文学的中心点，一切都向中心汇聚，谁都愿意认可和赞同他；并且，他的观点和言语也有理由具有很重的分量，大家都乐意跟从。[1]

爱克曼已经指出歌德晚年思考的划时代意义。歌德1827年1月以降在杂志文章、书信和交谈中提出的世界文学概念，也为19世纪日新月异的社会敞开了跨国思维的大门。要言之，1827年1月的歌德之言开启了“世界文学时代”，跨国文学交

---

1 Johann Peter Eckermann, “Kunst und Alterthum von Göthe. Sechsten Bandes Erstes Heft”, in *Journal für Literatur, Kunst und geselliges Leben*, Nr. 70, 12. Juni, 1827, Sp. 554.

流现象得以用一个概念来统摄。以往致力于跨国文学的各种现象被面向未来的发展愿景取代，这个概念不只涉及狭义的文学发展，最终也囊括社会生活的各个方面。[1]

论说"世界文学"，人们一般会从歌德概念说起，或追溯到他那里，陈述歌德以来的发展变化。其实，梅茨（Hugo von Meltzl de Lomnitz）主编的《世界比较文学杂志》（*Acta Comparationis Litterarum Universarum, ACLU*）早在1880年就已指出，在施勒策尔（August L. Schlözer）发表于1773年的《冰岛文学与历史》（*Isländische Litteratur und Geschichte*）的"题记"（Vorbericht）中，已能见到"整个世界文学"之说。[2]对于这一记载，后人显然知之不多，所以魏茨1987年发表文章，提出维兰德（Christoph M. Wieland）于1790年首创该词。[3]嗣后，梅茨的刊物中所说的施勒策尔又

---

1 Peter Goßens, *Weltliteratur. Modelle transnationaler Literaturwahrnehmung im 19. Jahrhundert*, Stuttgart: Metzler, 2011, S. 15.

2 "Denn bereits bei Schlözer, u. zw. 1773, findet sich der begriff 'die gesammte weltlitteratur'", in *ACLU*, Jg. III, 1880, H. 7 und 8, Sp. 115.

3 Hans J. Weitz, "'Weltliteratur' zuerst bei Wieland", in *Arcadia* 22, 1987, S. 206-208.

被“发现”[1]。无论如何，“Weltliteratur”这个德语词早于歌德半个世纪就已出现，而且肯定不只是词语，还是概念。毫无疑问，“世界文学”概念的确立和流传，当归功于歌德。然而，若以为此前概念不符合歌德概念的深度和广度或者用法，或与歌德的设想不同，从而可以忽略不计，这至少在概念史分析中是反常的。这种做法的逻辑前提是以歌德概念为一尊，这显然不足为训，更何况早在歌德在世之年，对于“世界文学”已有各种理解，他自己的言辞也常不一致。并且，今人对这个歌德概念的理解也不是没有问题，或者言人人殊，更有“理所当然”的老生常谈，而对歌德到底在说些什么却所知甚微。

## 二、歌德“世界文学”概念之性质：“事情”和“行为”

与世界文学概念相关的许多思考，并不自歌德始。不仅赫尔德对于跨民族文学感受的开放态度，还有施莱格尔兄弟在这方面的结构性思考，都在很大程度上启发了歌德的世界文

1 Wolfgang Schamoni, “‘Weltliteratur’ - zuerst 1773 bei August Ludwig Schlözer”, in *Arcadia* 43, Nr. 2, 2008, Sp. 288-298. 关于“世界文学”概念的“版权”，参见方维规《何谓世界文学？》。

学概念。[1]

18 世纪 70 年代至 19 世纪 30 年代（这也是歌德的文学创作时期）的文化发展过程中，德意志迅速成为欧洲的潮流引领者，不只歌德一个人看到了这一点。也是从 18 世纪 70 年代起，人们对不同的跨国文化模式的兴趣迅速增长。[2] 具有重要意义的是 1800 年前后在德意志土地上围绕世界主义的讨论，对于后来歌德在 1827 年 1 月提出的开创性思路来说，它也是必要的铺垫。18 世纪下半叶和 19 世纪初的跨国思维对于包括歌德在内的许多作家和知识人来说是理所当然的，也是那个时代之世界认识和文学兴趣的基调。这种与日俱增的兴趣也常见于彼时许多文化哲学著述中的"世界热"，即与"世界"相连的合成词。[3] 那个历史时期有一股强劲的"世界热"。

回顾当初跨国思维的发展，人们多少有点惊讶，为何"世界文学"这一术语和概念要等到那么多年以后才得以确立，也

---

1 关于歌德之前德意志文学家和思想家的各种与"世界文学"概念相关的思考，参见 Peter Goßens, *Weltliteratur. Modelle transnationaler Literaturwahrnehmung im 19. Jahrhundert*, Stuttgart: Metzler, 2011, S. 82-92。

2 Peter Goßens, *Weltliteratur. Modelle transnationaler Literaturwahrnehmung im 19. Jahrhundert*, Stuttgart: Metzler, 2011, S. 84.

3 Manfred Koch, *Weimaraner Weltbewohner. Zur Genese von Goethes Begriff "Weltliteratur"*, Tübingen: Niemeyer, 2002, S. 44-45.

就是今人习惯追溯到的歌德用词？在赫尔德和施莱格尔兄弟那里，常能见到包含“世界”的复合词，或者以世界文学现象为指归的论述思路。他们没有比歌德更早运用“世界文学”术语，主要缘于其跨国观念中思考问题的结构，因而出现了别样的语汇：赫尔德的人类学兴趣专注于“各族人民的声音”，所以极力收集“民歌”；施莱格尔兄弟及其同时代人布特维克（Friedrich Bouterwek）的文学史考察范畴，出于纲领性思考而聚焦于近代欧洲文学的发展。[1]

施特里希的典范之作《歌德与世界文学》于1946年问世，第二版修订本出版于1957年。作者在第一版序言中强调指出，该著旨在呈现歌德“把世界文学理解为精神空间，各族人民通过其文学，学会相互认识、容忍、尊重和理解，共同努力将人类文化提升到更高的阶段”[2]。经历了纳粹时代和第二次世界大战，施特里希的理想主义视角显然是要赓续歌德时代的人文主义。

施林夫《歌德的世界文学概念》（1968）发表之后，人们越来越注重交流媒介的发展，把简便、迅疾的交流看作“世界

1 Peter Goßens, *Weltliteratur. Modelle transnationaler Literaturwahrnehmung im 19. Jahrhundert*, Stuttgart: Metzler, 2011, S. 82.

2 Fritz Strich, *Goethe und die Weltliteratur*. Bern: Francke, 1957 (1946), S. 10.

文学”思想得以产生的根本前提。的确，在歌德看来，“世界文学时代”是迄于那个时代之空前的思想交流。此时，人们自会想到歌德喜用的贸易之喻。施林夫认为，“世界文学”首先是指“人与人、语言之间、民族之间进行交流的所有口头与书面表达和著作。[……]歌德尤其指向所有语言之间的翻译，使得一个民族的精神和历史了解另一个民族的精神和历史”。[1]这种界定很符合20世纪60年代末期以降脱颖而出的拓展文学概念的倾向，即超越作为经典的高雅文学，偏向社会史视角。[2]

博南凯普认为，今人所运用的这个因歌德而发迹的术语，多半“与歌德对这个概念的想象几乎没有共同之处”[3]。此说乍看似有夸张之嫌，其实不乏切中肯綮之处。毫无疑问，我们今天对于世界文学的理解和想象不是歌德彼时的认识，他所倡导的世界文学是国际交流和相互接受等现象。在歌德那里，“世界文学”绝不是世上所有文学之集合概念，绝非当今世界许多

---

1 Hans Joachim Schrimpf, *Goethes Begriff der Weltliteratur*, Stuttgart: Metzler, 1968, S. 44–45.

2 Gerhard R. Kaiser, “Mme de Staëls De l’ Allemagne und Goethes Überlegungen zur ‘Weltliteratur’”, in *Goethe-Jahrbuch* , Vol. 128, 2011, S. 228–250.

3 Anne Bohnenkamp, in Friedmar Apel, Hendrik Birus et al.(Hrsg.), *Johann Wolfgang Goethe, Sämtliche Werke, Briefe, Tagebücher und Gespräche*, 40 Bde., Frankfurt: Deutscher Klassiker Verlag, 1986–1999, Bd. 22, S. 938.

文学辞书所罗列的那样。与今天对这个概念的运用不同，“世界文学”在歌德那里既不在于数量（所有文学），亦非见重质量（所有文学中的杰作）[1]，文学的国际交流、相互接受和影响之视角才是关键所在。[2]

博南凯普在对歌德“世界文学”各种表述的注解中［见《歌德作品全集及书信和谈话》（法兰克福版）第22卷］，反复强调了这个歌德概念的参与视角。科赫把歌德的“世界文学”设想与科塞雷克（Reinhart Koselleck）的概念史理论联系起来，并看到了“世界文学”与“鞍型期”的其他许多新造词的

---

1 Hendrik Birus, "Goethes Idee der Weltliteratur. Eine historische Vergegenwärtigung", in Manfred Schmeling (Hrsg.), *Weltliteratur heute: Konzepte und Perspektiven*, Würzburg: Königshausen & Neumann, 1995, S. 13; Joseph Jurt, "Das Konzept der Weltliteratur - ein erster Entwurf eines internationalen literarischen Feldes?", in Norbert Bachleither (Hrsg.), *"Die Bienen fremder Literaturen": der literarische Transfer zwischen Großbritannien, Frankreich und dem deutschsprachigen Raum im Zeitalter der Weltliteratur (1770-1850)*, Wiesbaden: Harrassowitz, 2012, S. 43-44.

2 Peter Weber, "Anmerkungen zum aktuellen Gebrauch von 'Weltliteratur'", in G. Klotz, W. Schroder und P. Weber (Hrsg.), *Literatur im Epochenumbruch. Funktionen europäischer Literaturen im 18. und beginnenden 19. Jahrhundert*, Berlin/Weimar: Aufbau, 1977, S. (533-542) 536-539.

共性[1]，这是很有见地的：

> 歌德的"世界文学"概念——用历史语义学的说法——是一个时间性的、开放的期待概念。与鞍型期的诸多相近词语的特征一样，世界文学"既是客观的事情范畴，也是主观的行为范畴"（科塞雷克语[2]）。歌德的设想不只是在说，一切（包括文学）都已进入加速运动，因而需要为之命名；他还要用这个概念（以及终究带着世界文学精神而编的刊物），获得一个参与这场运动、激发他人来共同实践的工具。[3]

1 关于"鞍型期"，参见方维规《"鞍型期"与概念史——兼论东亚转型期概念研究》，台湾《东亚观念史集刊》2011 年第 1 期。歌德文学创作的年代也在科塞雷克提出的"鞍型期"之内。

2 Reinhart Koselleck, "Fortschritt", in Otto Brunner, Werner Conze und Reinhart Koselleck (Hrsg.), *Geschichtliche Grundbegriffe. Historisches Lexikon zur politisch-sozialen Sprache in Deutschland*, Stuttgart: Klett-Cotta, 1979, Bd. 2, S. 411.

3 Manfred Koch, *Weimaraner Weltbewohner. Zur Genese von Goethes Begriff "Weltliteratur"*, Tübingen: Niemeyer, 2002, S. 252.

歌德晚年在20处说过“世界文学”[1]，个别名言尽人皆知，例如，世界文学时代即将到来。另有一些歌德语录摘选见于相关读本，能让人知道大概意思，但因没有上下文，人们常会不知所云，甚至引起乱用，这或许也是博南凯普所说的皆失原旨的原因之一。的确，缺乏语境的简短语录并不一定都能被理解。本文试图通过爬梳文本，包括钩稽一些不常见、不引人关注的表述，重构这个歌德概念的生成语境和具体含义，以及一些说法的来龙去脉。歌德的几乎所有“世界文学”用词基本上不是指作品本身，而是一种现象、一种态度、一种行为。歌德的“世界文学”用词在很大程度上具有“动词性”，即他喜用的“精神贸易”，也就是今人常说的对外交流、开展国际文学活动。

## 三、《艺术与古代》，或文学交流的欧洲事情

歌德既把卢梭、伏尔泰和狄德罗等文豪视为楷模，也从名

1 参见施特里希的系统梳理：Fritz Strich, *Goethe und die Weltliteratur*, Bern: Francke, 1957 (1946), S. 369-372； 另 见 Xavier Landrin, “La semantique histo-rique de la Weltliteratur: Genèse conceptuelle et usages savants”, Anna Boschetti ed. *L'Espace culturel transnational*, Paris: Nouveau Monde Editions, 2010, pp. 96-99。

声不如他们的博马舍等文学家那里获益匪浅，但他很明白法国文学在大革命时代已经大不如前，尤其是德意志文学在那几十年中摆脱了数百年的落后状态，赶上了法国、英国和意大利文学，并得以在 18 世纪、19 世纪之交开始谋求欧洲主导地位。斯达尔夫人努力把莱辛以降的德意志文学译介到法国，并传播到整个欧洲，这在某种程度上是文学中心转移的体现。

1800 年前后的德意志文学界天才辈出，进入以歌德和席勒为代表的辉煌的古典时期，早已不是对法国文学望其项背。而在法国，贡斯当崇拜康德和席勒，并将源于德意志美学思考的“为艺术而艺术”译入法语；司汤达敬仰温克尔曼；斯达尔夫人对于德意志文化的倾慕更是尽人皆知。[1] 歌德的《少年维特之烦恼》在 1776 年被译成法语，至 1797 年已有 15 个译本和新版本在法国问世[2]，德意志土地上从未有过的这种巨大成功进一步巩固了歌德在本土的地位和天才神话。然而时过境迁，在德意志浪漫主义思潮走向繁荣之际，歌德强烈的“反浪漫派

1 Norbert Christian Wolf, “De la littérature nationale à la littérature mondiale: la trajectoire de Goethe”, in Joseph Jurt (Hrsg.), *Champ littéraire et nation*, Freiburg: Frankreich-Zentrum, 2007, S. 92–93.

2 Birte Carolin Sebastian, *Von Weimar nach Paris. Die Goethe-Rezeption in der Zeitschrift “Le Globe”*, Köln/Weimar/Wien: Böhlau, 2006, S. 42.

宣传”[1]使他逐渐受到冷落，激进的青年作家对他的评说颇为苛刻，因而他在外国的象征资本对他来说尤为重要。歌德常在《艺术与古代》上刊载外国评论他的文章，或者他的作品之外文译作的书评。他显然有私心，但并非仅此而已。

塞巴斯蒂安在其研究法国《环球杂志》（*Le Globe*）与歌德接受的专著中说，该杂志在1824—1830年间共有133个文本与歌德有关。“与《环球杂志》同人在法国树立的纯粹正面的歌德形象截然不同，德意志同时代人的歌德形象却充满矛盾。[……]《环球杂志》甚至公然反驳本国的批评之声，极力捍卫魏玛的一代文宗。”[2]鉴于这种特殊关系，歌德于1827年1月中旬谈及《艺术与古代》第6卷第1册转载的两篇评论迪瓦勒（Alexandre Duval）编译的歌德著《托尔夸托·塔索》（*Torquato Tasso*）的文章，其中一篇是《环球杂志》的夸奖书评，歌德此时第一次写下“世界文学”字样，这件事

---

1 Christine Tauber, “Über Kunst und Altertum”, in Andreas Beyer und Ernst Osterkamp (Hrsg.), *Goethe Handbuch. Supplemente. Bd. 3: Kunst*, Stuttgart/Weimar: Metzler, 2011, S. 428.

2 Birte Carolin Sebastian, *Von Weimar nach Paris. Die Goethe-Rezeption in der Zeitschrift “Le Globe”*, Köln/Weimar/Wien: Böhlau, 2006, S. 32–33.

并非偶然。[1]另一篇苛责的书评出自法国《商报》(*Journal du Commerce*)。不过，歌德完全视之为明证："我坚信一种普遍的世界文学正在形成，我们德意志人可在其中扮演光荣的角色。所有民族都在关注我们，他们称赞、责备、汲取和抵制、模仿和歪曲、理解或误解，打开或关上其心扉。我们自当冷静面对这一切，一切对我们来说都很有价值。"[2]显然，歌德也非常坦荡地面对外来批评，因为他很自信地认为："就文学层面而言，我们已经走在其他民族前面许多，他们会学会更多地欣赏我们，哪怕他们借用我们却无谢意，利用我们却不认可。"[3]

歌德在谈论"世界文学"时提到的各种文学，尤其是论及德意志文学晚近所产生的不同凡响的影响时，主要提及意大利、英国、苏格兰和法国文学。换言之，1827—1829 年间歌德的世界文学言说主要是在论述法国人、英国人和苏格兰

---

1 Joseph Jurt, "Das Konzept der Weltliteratur - ein erster Entwurf eines internationalen literarischen Feldes?" , in Norbert Bachleither (Hrsg.), *"Die Bienen fremder Literaturen" : der literarische Transfer zwischen Großbritannien, Frankreich und dem deutschsprachigen Raum im Zeitalter der Weltliteratur (1770–1850)*, Wiesbaden: Harrassowitz, 2012, S. 41.

2 Goethe, *Sämtliche Werke, Briefe, Tagebücher und Gespräche* (FA), Bd. 22, S. 356–357.

3 Goethe, *Sämtliche Werke, Briefe, Tagebücher und Gespräche* (FA), Bd. 22, S. 357.

人、意大利人重视德意志文学的理由[1]，尤其是法国的文学批评因其悠久的文学传统而得到歌德的高度重视，他一直悉心观察法国人如何从他们的立场出发，“发表对我们和其他民族有利或不利的意见”[2]，或如他1827年1月26日致哥达（Johann F. Cotta）的信中所说，他要“稍微弄清法国人为何关注我们，何为其内在含义”[3]。综观歌德那个时期的论说，不难见出他当初想象的世界文学就是欧洲文学，亦即欧洲文学之间的交流。这才会有1829年9月18日的歌德日记中对《艺术与古代》第6卷第3册主旨规划中的“欧洲文学，即世界文学（Europäische, d. h. Welt-Litteratur）”之说，分述德意志人、法国人、英国人、苏格兰人和意大利人。[4]

今人也许会对歌德把世界文学看作欧洲文学大惑不解，这在情理之中，因为不理解者是在“作品”的意义上理解“世界

---

1 Goethe, *Sämtliche Werke, Briefe, Tagebücher und Gespräche* (FA), Bd. 22, S. 718-772.

2 Goethe, *Sämtliche Werke, Briefe, Tagebücher und Gespräche* (FA), Bd. 22, S. 260.

3 "Goethe an Cotta" (26. Januar 1827), in *Goethes Werke* (Weimarer Ausgabe, 143+3 Bände, 1887-1919), München: dtv, 1987, Bd. 42, S. 26.

4 Goethe, *Sämtliche Werke, Briefe, Tagebücher und Gespräche* (FA), Bd. 22, S. 724-725.

文学”的。然而，倘若真正弄清歌德的世界文学概念说的是事情和行为，即把“欧洲文学”理解为文学在欧洲世界的交流，这个疑惑就会迎刃而解。这不仅是当初欧洲文化景观中的实情，也是歌德推动的事业。在他的世界文学交往模式中，积极地接受异族文化具有中心意义，也是新的文化认同的必要前提。

歌德 1827—1831 年间在日记、信札、交谈和刊物中一再宣告“世界文学”的来临，都有具体语境，所以不成体系，甚至略显凌乱，但大多数相关言论与他主编的《艺术与古代》集刊的编辑事务有关。即便歌德从未将他的世界文学思想提炼成理论模式（各种说法甚至不乏矛盾之处），但对跨国文学关系的思考是他晚年艺术创作乃至日常行为中的突出现象。“通过《艺术与古代》中的世界文学话语及其现象的呈现，德意志最著名的文学家勾勒出文学现代化的一个解释模式，即文学的发展和各种文学之间的关系本身可以相互影响。[……] 歌德不只是要以世界文学促进各种文学的相互调适，他是要以此激发和加快符合其想象的文学发展之派系的形成。”[1]

---

1 Manfred Koch, *Weimaraner Weltbewohner: Zur Genese von Goethes Begriff "Weltliteratur"*, Tübingen: Niemeyer, 2002, S. 249.

从歌德的许多表述来看，他在很大程度上是作为德意志和欧洲办刊人来谈世界文学的。文化刊物是跨国文学交往的重要媒介，其日益增长的重要性也是世界文学概念的重要维度之一。[1]歌德于1816年创办的《艺术与古代》，刊名虽不张扬，却是他去世之前16年中广交文友、相互交流的重要领地。刊物上三分之二的文字出自歌德之手，这是他的杂志（原稿文字）。通过这一刊物，他让一个虽小但很有影响力的欧洲群体分享一个“魏玛的世界公民”的生活和思想。翻译和评论外国文学是该刊的重点，另有报道外国文学动态的篇什，也持续介绍德意志作品在外国的接受状况。虽然发行量不大（起初200份，后期750份），却是他与志同道合的精英进行交流的平台。《艺术与古代》的影响力越出了德意志疆域，反响来自法国、意大利和英国。正是这种联络关系在歌德的世界文学设想中至关紧要。[2]

---

1 Manfred Koch, *Weimaraner Weltbewohner: Zur Genese von Goethes Begriff "Weltliteratur"*, Tübingen: Niemeyer, 2002, S. 231.

2 Joseph Jurt, "Das Konzept der Weltliteratur - ein erster Entwurf eines internationalen literarischen Feldes?", in Norbert Bachleiter (Hrsg.), *"Die Bienen fremder Literaturen": der literarische Transfer zwischen Großbritannien, Frankreich und dem deutschsprachigen Raum im Zeitalter der Weltliteratur (1770–1850)*, Wiesbaden: Harrassowitz, 2012, S. 39.

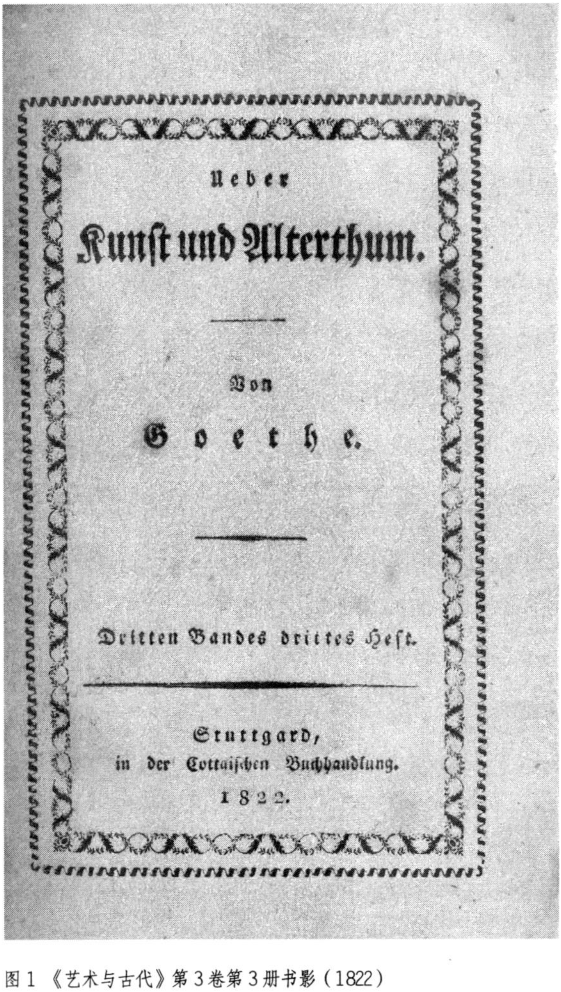
Ueber

Kunst und Alterthum.

Von

Goethe.

Dritten Bandes drittes Heft.

Stuttgard,
in der Cottaischen Buchhandlung.
1822.

图 1 《艺术与古代》第 3 卷第 3 册书影（1822）

歌德的认识论方法是“借助自我在他者那里的映照[……]来达到更新和升华的自我认识”[1]。在思考世界文学时，这个方法是很典型的。在世界文学交流过程中，不仅是快速简便的交往和交往条件能让人更容易发现陌生的东西，而且自身也更容易被外人发现。这样就有机会通过认识他人而更准确、更具批判目光、更有孕育力地认识自己。旁观者可以超然于他国的文学生活评判他国文学和作家的长处和缺陷，自我可在他者的目光下获得明晰的形象。这种几乎可被看作凝视沉思的状态，很符合歌德在赞扬《环球杂志》编者时所说的那种世界文学行为。从局外人的视角出发，更能将世界文学的诗学基础与作家本人的民族局限区分开来。为了认识“普遍人性”（das allgemein Menschliche[2]），世界文学行为始终伴随着对自我的建设性调适。

歌德尽管似乎做过努力，但没能拿出具体的世界文学理论，人们只能透过他所拼贴的异域之声和话语重构他可能的设

1 Goethe, *Sämtliche Werke, Briefe, Tagebücher und Gespräche* (FA), Bd. 22, S. 1132.

2 Goethe, *Sämtliche Werke, Briefe, Tagebücher und Gespräche* (FA), Bd. 22, S. 433.

想。歌德呼唤的“世界文学时代”并非无可争辩的断言，而是一种诉求，即展开广泛的超国界文学对话。1827 年的“世界文学时代”口号所发出的对话邀请受到欧洲知识界的关注和认可，体现于歌德最早在《艺术与古代》中抒发世界文学胸臆时引发了欧洲文化刊物的迅速反响。如前所述，这部集刊发行量不大，但其影响和作用不可低估。[1]

## 四、文学期刊的世界文学行为

在《艺术与古代》第 6 卷第 2 册中，歌德着重介绍了一些重要的国际期刊，强调其在确立“普遍的世界文学”过程中的作用。在评述《爱丁堡评论》（*Edinburgh Review*）时，他起首便说：“这些杂志正在逐渐赢得越来越多读者，将会最有效地为人们所期望的普遍的世界文学做出贡献。[……] 不能说各民族应当想法一致，他们只需相互了解，彼此理解，即使不

---

1 Rolf Hübner, *Goethes Zeitschrift “Ueber Kunst und Alterthum”. Untersuchung und Erschließung*, Jena [Phil. Diss.], 1968, S. 75、84–87; Peter Goßens, *Weltliteratur. Modelle transnationaler Literaturwahrnehmung im 19. Jahrhundert*, Stuttgart: Metzler, 2011, S. 94.

能相互喜爱也至少学会相互容忍。”[1] 他较晚一次（1830 年 4 月 5 日）提到“世界文学”的时候也表达了同样的意思：“[……] 唯其如此，才会出现普遍的世界文学；各民族都要了解所有民族间的关系，这就不可避免，一个民族会看到别的民族的令人愉快之处和令人反感之处，值得学习的方面和应当避免的方面。”[2] 歌德倡导的世界文学思想绝不意味着文学本身进入大一统的天地，而是要推动民族文学的相互尊重和交流。

杂志在19世纪早期还属于新生媒介，歌德在晚年尤为关注欧洲报业的兴起。他对“日益逼近的世界文学（anmarschierende Weltliteratur[3]）”的认识，同他阅读欧洲报刊密切相关。法国的《环球杂志》、《法兰西评论》（*La Revue française*）、《时报》（*Le Temps*）、《商报》等，爱丁堡的《外国评论季刊》（*The Foreign Quarterly Review*）、《外国评论》（*Foreign Review*）、《爱丁堡评论》，米兰的《回声》（*L'Eco*），

1 Goethe, *Sämtliche Werke, Briefe, Tagebücher und Gespräche* (FA), Bd. 22, S. 491.

2 Goethe, *Sämtliche Werke, Briefe, Tagebücher und Gespräche* (FA), Bd. 22, S. 868.

3 "Goethe an Zelter" (4. März 1829), in Goethe, *Sämtliche Werke, Briefe, Tagebücher und Gespräche* (FA), Bd. 11, S. 99.

这些报刊在歌德眼里都是欧洲境内“世界文学”思想的兆头，他竭力为“世界文学”这一交往系统赢得盟友，他自己也要借助世界文学发挥作用。面对19世纪20年代中期以后不断变化、茁壮发展的报刊市场，歌德正是通过那些新创办的报刊来增进彼此联系。这种对话的目的主要在于推进对其他民族文化的深入认识。[1]

《回声》正是响应歌德名言“我坚信一种普遍的世界文学正在形成”而创办的，并于1828年4月将第一期样刊寄给歌德。他于5月31日致函该刊主编表示感谢，强调这本多语种的意大利杂志将会在正在形成的世界文学交流网络中发挥作用，认为《回声》必定会“最友善地参与越来越活跃扩散的普遍的世界文学”[2]。《回声》则在当年6月18日骄傲地把歌德的赞扬传递给读者。在《回声》中，歌德及其作品是为数不多的时常被研究的主题，以德语和意大利语双语发表。[3]

歌德说出“世界文学”将近一年半之时，已觉得自己推

1 Peter Goßens, *Weltliteratur. Modelle transnationaler Literaturwahrnehmung im 19. Jahrhundert*, Stuttgart: Metzler, 2011, S. 95.

2 Goethe, *Sämtliche Werke, Briefe, Tagebücher und Gespräche* (FA), Bd. 22, S. 493–494.

3 Franca Belski, “Die Goethe-Rezeption in italienischen Zeitschriften des 19. Jahrhunderts”, in Werner Ross (Hrsg.), *Goethe und Manzoni. Deutsch-italienische Beziehungen um 1800*, Tübingen: Max Niemeyer, 1989, S. 61–69.

进的事业大获成功。他在1828年5月21日给老年挚友策尔特（Carl F. Zelter）的信中说自己对“世界文学”已有应接不暇之感：“我呼唤的世界文学正朝着我[……]汹涌而来；苏格兰和法兰西几乎每天都在彼此倾泻，米兰的那些人发行了一份特别重要的日报，名为《回声》。”[1]

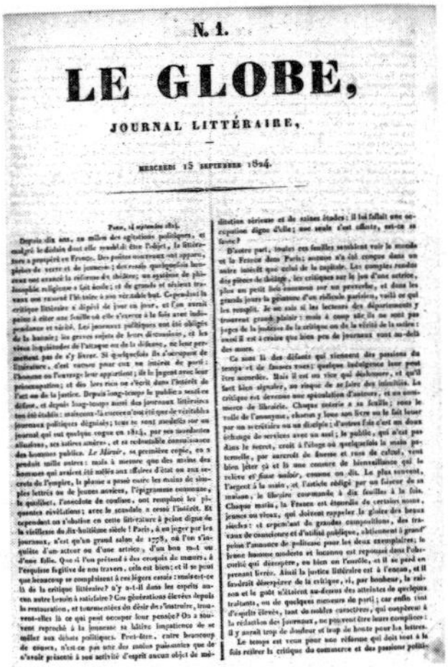

N. 1.

LE GLOBE,

JOURNAL LITTÉRAIRE,

MERCREDI 15 SEPTEMBRE 1824.

图2-1 《环球杂志》书影

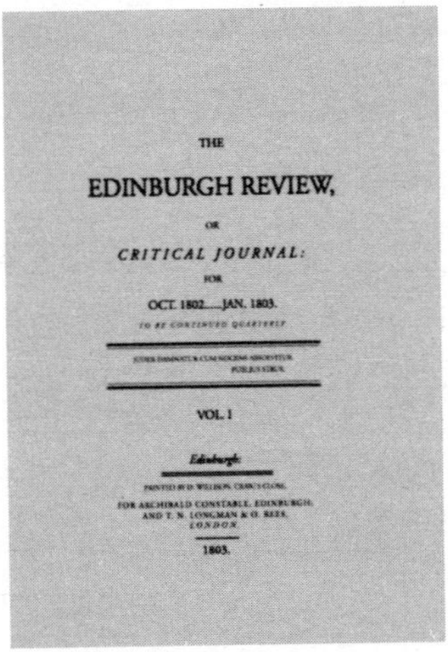

THE

EDINBURGH REVIEW,

OR

CRITICAL JOURNAL:

FOR

OCT. 1802......JAN. 1803.

TO BE CONTINUED QUARTERLY

VOL. I

Edinburgh

FOR ARCHIBALD CONSTABLE, EDINBURGH;
AND T. N. LONGMAN & O. REES,
LONDON.

1803.

图2-2 《爱丁堡评论》书影

1 “Goethe an Zelter” (21. Mai 1828), in Goethe, *Sämtliche Werke, Briefe, Tagebücher und Gespräche* (FA), Bd. 10, S. 611.

在歌德知晓的许多欧洲刊物中，《环球杂志》有着非同一般的意义[1]，是歌德“通向大世界的最重要的渠道”[2]。该刊于1824年由巴黎几个年轻的自由派文学家创办，报道世界各地的重要文化信息。作为政治和文化霸权的法兰西民族在1814年之后明显衰落，《环球杂志》同人极力想要建立一种开放的文化模式。在该刊第一号的“前言”中，法兰西文化的形象是相对负面的，英国文化和德意志文化则被看作榜样。

彼时欧洲文化交流活动的代表人物，多半坐在杂志社里，歌德所形容的“精神贸易”将欧洲文明的各种兴趣串联在一起。对《环球杂志》来说，各族人民的交流既是社会亲近的方法，也是本民族文化进步的根本动力。该刊同人试图抛弃民族成见，发展一种多国文学家都应参与的跨国交往模式，如同歌德的世界文学设想所筹划的那样。“维也纳会议（1814—1815）引发的是划分国界和民族安全的政治，《环球杂志》的作者则谋求一场反向运动和人类精神的连接，故在‘世界文学’设想

1 Horst Günther, “‘Weltliteratur’, bei der Lektüre des Globe konzipiert”, in ders., *Versuche, europäisch zu denken. Deutschland und Frankreich*, Frankfurt: Suhrkamp, 1990, S. 104-125.

2 Heinz Hamm, *Goethe und die französische Zeitschrift “Le Globe”. Eine Lektüre im Zeitalter der Weltliteratur*, Weimar: Böhlau, 1998, S. 16.

中赢得持续反响。”[1] 自 1824 年起，歌德就是这本杂志的忠实读者，视之为最有意思的刊物之一，他在《艺术与古代》的至少 11 篇文章中详论了《环球杂志》[2]。

歌德的世界文学想象对《环球杂志》而言是一个积极的讯息，然而后者常常也有自己的理解。虽然《环球杂志》的编者看到了当时德意志和英国文化的民族优势，但终究见重文化的平等地位。该刊在其第 5 号第 91 册（1827 年 11 月 1 日）中赞同歌德之说，但将其“世界文学”表述替换成“西方文学或欧洲文学”（littérature occidentale ou européenne）：“歌德在他主编的期刊最近一卷中向德意志人宣告，他隐约看到了一种西方文学或欧洲文学的开端，不属于任何民族却谁都有份。”[3] 如前文所示，这在很大程度上符合歌德“世界文学”的原意。

然而，格森斯对此做了相应限定，将歌德的“世界文学”

---

1 Wilhelm Graeber, “Liberalismus und Internationalität: der Beitrag des Globe zur ‘Weltliteratur’”, in M. Engelbert et al.(Hrsg.), *Märkte, Medien, Vermittler: Fallstudien zur interkulturellen Vernetzung von Literatur und Film*, Göttingen: Wallstein, 2002, S. 144.

2 相关文章的完整统计，见 Heinz Hamm, *Goethe und die französische Zeitschrift “Le Globe”. Eine Lektüre im Zeitalter der Weltliteratur*, Weimar: Böhlau, 1998, S. 497–498。

3 *Le Globe*, Tom V, No. 91, 1. Novembre，1827, p. 481.

改写为“西方文学或欧洲文学”，“肯定符合直至那个时期已知的歌德观点，不过歌德自己[……]当时既在历史层面也在地域上很明显地拓展着世界文学的作用范围”。[1]但我们必须说，即便阿拉伯古典诗歌，中国古典文学，塞尔维亚、波希米亚、爱尔兰和其他许多地方的民歌也对歌德的“世界文学”思考有所助益，或如他所看到的中国小说足以证明“文学（Poesie）是人类的共同财富，各个地方所有时代都会涌现不计其数的作家”[2]，又如《环球杂志》时常提及世界各地的文化事件，欧洲政治和工业三巨头英、法、德始终是那个时代讨论“世界文学”问题时的主要论述框架（“金三角”）。

## 五、翻译：“普遍的精神贸易之中介”

德意志人从来自视为翻译民族，翻译成果确实丰硕。这一事实对于“世界文学”概念能在德意志土地上诞生具有非同一

1 Peter Goßens, *Weltliteratur. Modelle transnationaler Literaturwahrnehmung im 19. Jahrhundert*, Stuttgart: Metzler, 2011, S. 102–103.

2 Goethe, *Sämtliche Werke, Briefe, Tagebücher und Gespräche* (FA), Bd. 22, S. 951–952.

般的意义。[1] 没有哪一种文学像在德国那样强调对翻译的依赖，并对翻译实践做了大量理论思考。德意志民族文学在 18 世纪的自我意识正是来自翻译，并通过翻译走向成熟。这一看似悖论的现象正是典型的德意志特色：自我的长处在于把陌生的东西化为己有，这是 18 世纪下半叶德意志知识界流行的自我写照。[2] 换言之，最晚从维兰德翻译莎士比亚作品开始（他翻译了莎翁的 22 部剧作，共 8 卷，1762—1766），德意志土地上的"文学翻译开始蒸蒸日上，极大地成就了 1800 年前后德意志精神世界的昌盛，民族的自我意识也随即勃发。翻译成为德意志学人之传染甚广的激情"[3]。无疑，歌德的世界文学概念受到朋友和同时代人翻译热情的启发。[4] 歌德本人也有大量译作，作

---

1 Joseph Jurt, "Das Konzept der Weltliteratur - ein erster Entwurf eines internationalen literarischen Feldes?", in Norbert Bachleith er (Hrsg.), *"Die Bienen fremder Literaturen" : der literarische Transfer zwischen Großbritannien, Frankreich und dem deutschsprachigen Raum im Zeitalter der Weltliteratur (1770-1850)*, Wiesbaden: Harrassowitz, 2012, S. 32.

2 Manfred Koch, *Weimaraner Weltbewohner: Zur Genese von Goethes Begriff "Weltliteratur"*, Tübingen: Niemeyer, 2002, S. 233.

3 Manfred Koch, *Weimaraner Weltbewohner: Zur Genese von Goethes Begriff "Weltliteratur"*, Tübingen: Niemeyer, 2002, S. 235.

4 Manfred Koch, *Weimaraner Weltbewohner: Zur Genese von Goethes Begriff "Weltliteratur"*, Tübingen: Niemeyer, 2002, S. 237.

品出自欧洲的主要语言；并且，无论通过什么途径，他还翻译了《旧约》和《可兰经》的篇章，以及阿拉伯古典诗歌和古冰岛的神话传说《埃达》，摩尔、塞尔维亚、波希米亚、爱尔兰等地的许多民歌。

翻译在德意志疆土上尤其受到重视，被看作民族文学的组成部分。[1]歌德在世界文学事业上的投入，正由于“民族文化意识”在其发展过程中不断增强的跨国视野以及18世纪下半叶和19世纪上半叶得到极大改变的德意志文化景观。[2]奥古斯特·施莱格尔等名家竭力把尽可能多的世界文学名著翻译成德语。翻译被看作那个时代的巨大文化成就，也极大地促进了跨国思维的发展。18世纪晚期以降的翻译成就使德语文化成为欧洲的领先文化，德意志人在研究和翻译世界文化中的主导地位也凸显出来。斯达尔夫人在其《德意志论》中尤为赞赏德意志翻译文化所扮演的特殊角色。

1 Antoine Berman, *L'epreuve de l'etranger. Culture et tradition dans l'Allemagne romantique*, Paris: Gallimard, 1995, p. 122.

2 Peter Goßens, *Weltliteratur. Modelle transnationaler Literaturwahrnehmung im 19. Jahrhundert*, Stuttgart: Metzler, 2011, S. 107-108.

尤特援引了歌德“德语特别适合于翻译”[1]之说，并强调指出彼时德法两种翻译传统之间的区别：“如奥古斯特 · 施莱格尔所说，德语译者的优势是他们‘如在所有事情上忠实、可靠一样’，从而也是‘忠实的译者’。德语译者对所译作品的忠实与法语翻译传统形成鲜明对照，法国人融会外来之物。”[2]例如，迪瓦勒的《塔索》法译实为加工或仿作。斯达尔夫人的译作也有这个特点，不过歌德对她的译法颇为赞赏，他把原文与译文的差异看作认识外人如何评判德意志特征的极佳机会[3]。

1827 年至 1831 年歌德关于世界文学正在形成的说法，与翻译密切相关。他在致卡莱尔的信中说，翻译家在译介其他民族的同时，也在丰富本民族的财富，并且：

> 都应如此来看每个译者，他以普遍的精神贸易中的中

1 Goethe, *Sämtliche Werke, Briefe, Tagebücher und Gespräche* (FA), Bd. 22, S. 134.

2 Joseph Jurt, “Das Konzept der Weltliteratur - ein erster Entwurf eines internationalen literarischen Feldes?” , in Norbert Bachleither (Hrsg.), *“Die Bienen fremder Literaturen” : der literarische Transfer zwischen Großbritannien, Frankreich und dem deutschsprachigen Raum im Zeitalter der Weltliteratur (1770–1850)*, Wiesbaden: Harrassowitz, 2012, S. 33.

3 Gerhard R. Kaiser, “Mme de Staëls De l' Allemagne und Goethes Überlegungen zur ‘Weltliteratur’ ” , in *Goethe-Jahrbuch* 128, 2011, S. 245–246.

> 介身份在努力，以促进相互交流为己任。即使有人会说翻译不能完全达意，但它是而且一直会是人间所有事业中最重要、最令人尊敬的业务之一。
>
> 《可兰经》曰："真主赐予每个民族一个使用其语言的先知。"每个译者则是其民族的先知。路德的《圣经》翻译产生了巨大影响[……]。圣经团体之极其繁重的业务，就是用每个民族的语言和方式给他们带去福音。[1]

歌德还在其他致卡莱尔的书简中说及翻译之"互相交流"的功用，并由此展开其独特的观点："译者不是只在为自己的民族，也在为所译作品语言的民族工作。"[2]或者，如他1828年元旦致卡莱尔的信中所说："原作到译作之间的通连"能够"最明晰地显示从民族到民族的关系，人们应当为推进至关紧要的普遍的世界文学而很好地认识和评估这些关系"[3]。歌德不

---

1 "Goethe an Carlyle" (20. Juli 1827), in *Goethes Werke* (Weimarer Ausgabe), Bd. 42, S. 270.

2 "Goethe an Carlyle" (15. Juni 1828), in *Goethes Werke* (Weimarer Ausgabe), Bd. 44, S. 140.

3 "Goethe an Carlyle" (1. Januar 1828), in *Goethes Werke* (Weimarer Ausgabe), Bd. 43, S. 222.

只停留于“世界文学”这个“充满希望的词汇：当前这个高速时代和不断简便的交流，可以让人祈望世界文学不久就能实现”[1]，而是在致卡莱尔的信中很具体地说“如同快递和轮船那样，日报、周刊和月刊也让各民族日益走近，我也必将在有生之年特别关注这种彼此交流”，并热切邀请卡莱尔，“让我们越来越自由地利用这已经开放的交流吧”！[2]

卡莱尔是苏格兰评论家、讽刺作家、历史学家，以其发表于《弗雷泽杂志》（*Fraser' s Magazine*）的系列文章而被誉为德意志文学专家，翻译作品中包括歌德的《威廉·迈斯特的学习时代》，他还撰写了《席勒评传》[3]。歌德在《艺术与古代》第6卷第2册中评论了《席勒评传》和卡莱尔编写的评述德意志浪漫派的四卷本《日耳曼小说》[4]。如同歌德的大多数世界文学言论都出现在随谈中一样，这两篇文章中的许多说法也直接取自他给卡莱尔的信函。歌德认为，卡莱尔的工

1 Goethe, *Sämtliche Werke, Briefe, Tagebücher und Gespräche* (FA), Bd. 22, S. 427.

2 “Goethe an Carlyle” (8. August 1828), in *Goethes Werke* (Weimarer Ausgabe), Bd. 44, S. 257.

3 Thomas Carlyle, *The Life of Friedrich Schiller: Comprehending an Examination of His Works*, London: Taylor & Hessey, 1825.

4 Thomas Carlyle, *German Romance: Specimens of Its Chief Authors, with Biographical and Critical Notices*, Edinburgh: William Tait, 1827.

作不只局限于文化财富在外国的传播，也有自我与他者相互映照的作用。

卡莱尔的例子很能说明世界文学对话不应是各种文学之间的对立，而应是自我的创作接受他者的批评和调整。歌德在1827年7月15日与爱克曼的谈话中说，尽管卡莱尔的工作显示出他发展另一种审美趣味的努力，但关键在于文化想象的相互调适是世界文学过程中的必要方法。他说："我们这里在审美方面是最薄弱的，我们需要很长时间才能碰到卡莱尔那样的人。不过我们现在恰逢时机，法国人、英国人、德国人得以在交往中相互调适。这是出自世界文学的最大好处，而且裨益还会越来越多地显示出来。卡莱尔撰写了《席勒评传》，他对席勒的诸多论说不是一个德国人轻易能够做到的。相反，我们很了解莎士比亚和拜伦，或许比英国人自己更会赏识他们的功绩。"[1]

引入外来视角能够获得阐释上的新认识，看到许多内部视角不易发现的东西。歌德在1827年10月12日致波瓦塞雷的

1 Goethe, *Sämtliche Werke, Briefe, Tagebücher und Gespräche* (FA), Bd. 12, S. 257.

信中说，他所说的“世界文学”，其最佳实现途径是“用其他民族的观点和判断来协调存在于本民族中的各种差异”。[1]翌年，他在《艺术与古代》中斩钉截铁地强调了各种文学相互影响的必要性和普遍意义：“任何一种文学，若不借助外来养分重新焕发，终将会自我厌烦。”[2]

歌德在其较晚的一次世界文学言说中，对自己的世界文学思维范式做了归总性的说明，起因是卡莱尔著《席勒评传》的德译本（1830）。歌德在该书“序言”中写道，他要“让朋友们走近一个人（按：卡莱尔），此君属于近些年来与我为伍的那些人，他们的并肩行动和作用激励了我”[3]。在《席勒评传》“序言”及其笔记和草稿中，歌德说了三次“世界文学”。他强调指出，卡莱尔著作的德译本是世界文学行为的范例，这部传记作品亦即对席勒的推崇，是世界文学方案的典型运作形式：与其说席勒日常生活中的新鲜事引人入胜，毋宁说席勒“漂洋过海”所产生的影响更为重要；并

1 “Goethe an Boisserée” (12. Okotober 1927), in *Goethes Werke* (Weimarer Ausgabe), Bd. 43, S. 106.

2 Goethe，*Sämtliche Werke, Briefe, Tagebücher und Gespräche* (FA), Bd. 22, S. 428.

3 Goethe，*Sämtliche Werke, Briefe, Tagebücher und Gespräche* (FA), Bd. 22, S. 869.

且，时年 34 岁的卡莱尔所塑造的席勒形象可以矫正和丰富德意志本土的席勒形象。[1] 这种认识转型既是世界文学交往的理由，也是其目的。

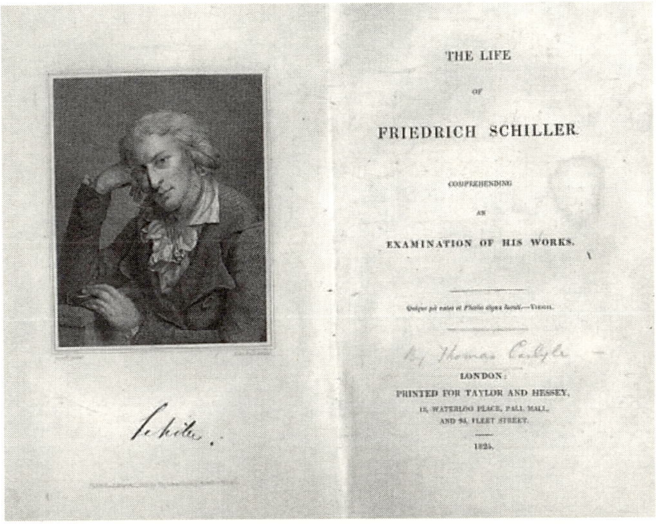


图 3-1　卡莱尔著《席勒评传》书影（1825）

1　Goethe, *Sämtliche Werke, Briefe, Tagebücher und Gespräche* (FA), Bd. 22, S. 870.

图 3-2 卡莱尔著《席勒评传》书影［德译本，歌德作序（1830）］

仔细钩稽便可发现，歌德在《席勒评传》“序言”中的“世界文学”观念已有重大改变：在 1827—1828 年的早期言说中，“世界文学”不过是一个临时的、某种意义上的空想模式，但在《席勒评传》“序言”中它已被看作诸多文化民族中的一种业已确立的行为模式。[1] 按照歌德的说法，世界文学已经成为“自由的精神贸易”之根基，并会在不久的将来结出硕果：

> 人们谈论普遍的世界文学已有一段时间，这不是没有道理的。被最可怕的战争弄得动荡纷乱的所有民族，恢复常态之后都必然看到，人们发现并吸收了一些外来的东西，到处能感受到一些从前未知的精神需求。由此而产生一种建立睦邻关系的感受，不再像以前那样自我封闭，精神逐渐表现出一种需求，即参与或多或少是自由的精神贸易。
>
> 虽然这场运动经时未久，但也已经够长，可以让人做出一些观察，而且如人们在货物交易中必然也会做的那样，最好不久就能从中获得好处和享受。[2]

---

1 Peter Goßens, *Weltliteratur. Modelle transnationaler Literaturwahrnehmung im 19. Jahrhundert*, Stuttgart: Metzler, 2011, S. 115-116.

2 Goethe, *Sämtliche Werke, Briefe, Tagebücher und Gespräche* (FA), Bd. 22, S. 870. 霍米·巴巴曾强调指出歌德论断的重要性，即文化间富有孕育力的通连，时常源于可怕的战争和冲突，不同民族不自觉地汲取了外族思想和一些行为方式（Homi K. Bhabha, *The Location of Culture*, New York: Routledge, 1994, p. 11）。

这里须特别留意，歌德不仅把“世界文学”看作“贸易”，还视之为一场“运动”。早在这之前，歌德在其集刊中报道了《浮士德》译者施塔普尔（Albert Stapfer）撰写的《歌德生平与作品》（*Notice sur la vie et les ouvrages de Goethe*），那里也能见到贸易之喻：

> 在一个世界各地各种形制的快船不断交错的时代，每个有志者极有必要认识其对于本民族和对其他民族的态度。因此，有思想的文学家有足够的理由放弃一切斤斤计较的做法，环顾贸易的宽广世界。德意志作家可以惬意地这么做，因为目前牵动所有民族之思想和创作的无所不在的文学纷争，都是我们激发、挑起、力争的，直到最后蔓延至域外。[1]

施林夫认为，歌德启用“交通”“贸易”“货物交换”等概念并不纯粹是比喻。在歌德眼里，经济全球化也要求文学的普遍化，也就是说，世界贸易和世界文学之间关系密切，他乐观

---

1 Goethe, *Sämtliche Werke, Briefe, Tagebücher und Gespräche* (FA), Bd. 22, S. 280.

地视之为不同民族彼此走近的因素。[1]歌德说："那些会做生意的国家，也在最积极地从事这种思想交流。"[2]

## 六、斯达尔夫人，或"世界文学的直接后果"

斯达尔夫人于1817年去世，十年之后，歌德第一次说出"世界文学"[3]。

《环球杂志》《回声》《爱丁堡评论》等刊物，以及卡莱尔、曼佐尼或拜伦等作家，对于歌德世界文学思想的产生都有重要意义。然而确定无疑的是，没有哪个外国作家像斯达尔夫人那样，很早而且长久地受到歌德的关注。歌德与卡莱尔有书信来往，与拜伦和曼佐尼也偶有通信，但同他们从未谋面。斯达尔夫人1803—1804年在魏玛逗留期间同歌德有过合作。当时没有哪个外国文学家能像她那样大量翻译德语作品，在《德意志

1 Hans Joachim Schrimpf, *Goethes Begriff der Weltliteratur*, Stuttgart: Metzler, 1968, S. 45-47.

2 Goethe, *Sämtliche Werke, Briefe, Tagebücher und Gespräche* (FA), Bd. 22, S. 427.

3 这一节的论述，重点参考了Gerhard R. Kaiser, "Mme de Staëls De l' Allemagne und Goethes Überlegungen zur 'Weltliteratur'", in *Goethe-Jahrbuch*, Vol. 128, 2011, S. 228-250。

论》中详尽介绍当时德意志文学以及魏玛的特殊地位，并以其文学批评赢得歌德的极大关注。[1] 兰平或许言之有理："世界文学时代［……］早在歌德说出这个概念之前就已开始，它受到四分之一个世纪之前的一次相遇的推动：斯达尔夫人造访魏玛。"[2]

歌德曾从魏玛大公图书馆借阅斯达尔夫人《德意志论》的不同版本，借阅时间分别是1814年5月13日至7月1日、1825年5月28日至6月7日、1827年1月24日至3月21日。[3] 歌德最早提出"世界文学"时的两次言说，正是发生在第三次借阅期间。他在1827年1月26日致哥达的信中说："我们现在必

1 Gerhard R. Kaiser, "Mme de Staëls De l' Allemagne und Goethes Überlegungen zur 'Weltliteratur' ", in *Goethe-Jahrbuch* , Vol. 128, 2011, S. 234.

2 Dieter Lamping, *Die Idee der Weltliteratur. Ein Konzept Goethes und seine Karriere*, Stuttgart: Alfred Kröner, 2010, S. 26–28; Gerhard R. Kaiser, "Mme de Staël als Botschafterin Weimars nach Europa" , in *Wirkendes Wort*, Vol. 40, Nr. 2, 1999, S.(182–203) 202.

3 *Goethe als Benutzer der Weimarer Bibliothek. Ein Verzeichnis der von ihm entliehenen Werke*, bearbeitet von Elise von Keudell, hrsg. mit einem Vorwort von Werner Deetjen, Weimar: Böhlaus, 1931, S. 147: Nr. 924; S. 261: Nr. 1634; S. 285: Nr. 1797. Gerhard R. Kaiser, "Mme de Staëls De l' Allemagne und Goethes Überlegungen zur 'Weltliteratur' " , in *Goethe-Jahrbuch*, Vol. 128, 2011, S. 237.

须特别关注外国文学，人家已经开始关注我们。”[1]这是在他又一次借到斯达尔夫人著作之后两天。翌日，他在给施特赖克福斯（Adolph F. Streckfuß）的信中感谢后者翻译意大利小说家和诗人曼佐尼的悲剧《阿德尔齐》，并表达了他的信念：“我相信，世界文学正在形成，所有民族都对此感兴趣，因而都迈出了可喜的步子。德意志人能够而且应当在这方面起最大作用，在这大聚合中扮演光彩的角色。”[2]四天之后同爱克曼的谈话中，他说出了那句著名论断：“民族文学现在已经算不了什么，轮到世界文学时代了；现在每个人都应出力，促成其尽快来临。”[3]

最迟从18世纪90年代中期开始，歌德对斯达尔夫人的认识已经不局限于知道其声名显赫的父亲内克尔（Jacques Necker）和母亲——以“内克尔夫人”著称的沙龙女主人。歌德于1796年翻译了斯达尔夫人一年前发表的《论小说》（*Essai sur les fictions*），冠名《论文学》（*Versuch über die Dichtungen*），发表于席勒创办的《季节女神》（*Horen*）。不

1 “Goethe an Cotta” (26. Januar 1827), in *Goethes Werke* (Weimarer Ausgabe, 143+3 Bände, 1887-1919), München: dtv, 1987, Bd. 42, S. 27.

2 “Goethe an Streckfuß” (27. Januar 1827), in *Goethes Werke* (Weimarer Ausgabe), Bd. 42, S. 28.

3 Goethe, *Sämtliche Werke, Briefe, Tagebücher und Gespräche* (FA), Bd. 12, S. 952.

久之后，他还计划翻译斯达尔夫人的《论激情对个人和国家幸福的影响》，并在该杂志上发表，但是没能实现。如在《论小说》中那样，斯达尔夫人又在1800年的《论文学和社会制度的关系》中大加赞赏《少年维特之烦恼》。1803年与1804年之交，歌德终于在魏玛与斯达尔夫人结识，并多次与她见面——在其寓所或在自己的宅院。在被战争蹂躏的欧洲，四处流亡的斯达尔夫人最终得以于1813年在伦敦出版之前在法国被禁的《德意志论》，此后该书一版再版，风行整个欧洲。她被誉为"魏玛走向欧洲的使者"[1]。

《德意志论》在伦敦发表前一年半的时间里，歌德一直极为关注这部著作，尤其感兴趣的是斯达尔夫人如何论说欧洲、魏玛以及他本人的著作。虽然德意志文学在《德意志论》发表之前的法国并非默默无闻，她也早就以介绍德意志浪漫派作品而闻名，但她的代表作的出版旋即引起强烈反响，并在法国之外大获成功，其后续影响使得歌德在观察《环球杂志》《回声》《爱丁堡评论》等刊物时，一再说及"世界文学"。《德意志论》

1 Gerhard R. Kaiser, "Mme de Staël als Botschafterin Weimars nach Europa", in *Wirkendes Wort*, Vol. 40, 1999, S. 182-203.

引发巨大反响之后，英国令歌德发出“世界文学”感慨的主要是卡莱尔[1]。

图 4-1　斯达尔夫人（Mme de Stael，1766—1817）

1　Gerhard R. Kaiser, “Mme de Staëls De l’ Allemagne und Goethes Überlegungen zur ‘Weltliteratur’ ”, in *Goethe-Jahrbuch*, Vol. 128, 2011, S. 241.

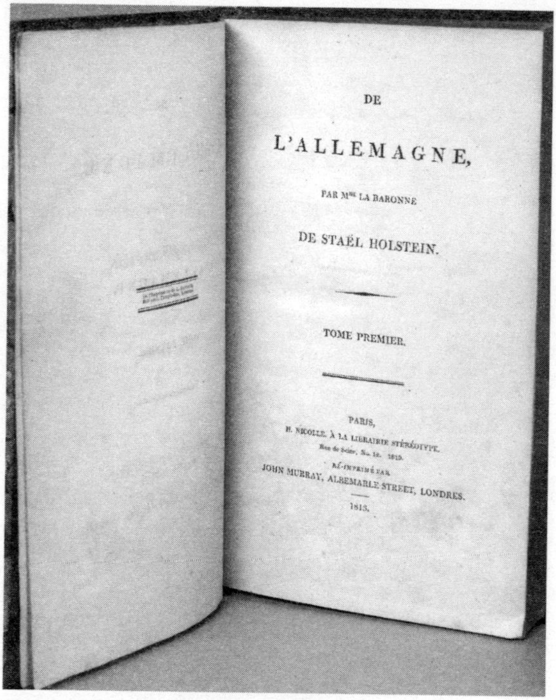


图 4-2　斯达尔夫人著《德意志论》书影（1813）

《环球杂志》等刊物和卡莱尔等作家直接导致歌德说出“世界文学”；斯达尔夫人虽然未被提及，但在不言之中。同样，在《席勒评传》德译本“前言”中，歌德虽未提及《德意志论》，但论说的正是这本书诞生的特定条件，或曰世界文学思想的起源及其当代发展的历史定位。歌德时常忆起斯达尔夫人，他较为详尽地谈论她的文字见于《记事录（日与年）》（*Tag- und Jahres-Hefte*）中关于 1804 年的事情，写于他说出“世界文学”的 1827 年之前。他主要肯定了《德意志论》之介绍工作的重要意义，尽管他在许多方面不赞同斯达尔夫人对德意志文学的评判，甚至对有些说法极为不满。[1]

歌德在 1831 年 4 月 24 日致波瓦塞雷的信中强调了“互惠”或翻译的特殊裨益，这在很大程度上缘于他同斯达尔夫人的会面以及阅读《德意志论》的体会。他说及翻译的语言问题，即怎样用简易的语言增进民族间的思想交流。在这个上下文里，同时也是歌德最后一次说“世界文学”的这封信中，他说斯达尔夫人“翻译德语的文字，易懂且不加修饰，从而使之有着她的语言和性别所固有的典雅。这是普遍的世界文学的直

1 Gerhard R. Kaiser, “Mme de Staëls De l’Allemagne und Goethes Überlegungen zur ‘Weltliteratur’”, in *Goethe-Jahrbuch*, Vol. 128, 2011, S. 249.

接后果，各民族会更快地互学相长”[1]。

在这之前，歌德对一种发展甚感欣慰，即德意志人所欣赏的东西也得到越来越多法国人的认可。[2] 他认为法国人“在世界公民的意义上 [……] 寻找清新的源泉，为了提神、振作、复苏”[3]。但他也敲响了警钟：“在目前这个世界文学开端之时，若细心观察，德意志人必然失去最多，肯定也会对这一警示做出思考。”[4] 这一说法到底有何意味可在他不久后致其晚年的通信挚友之一、德裔法国外交官赖因哈德伯爵（Karl von Reinhard）的信中见出。针对斯达尔夫人倡导的法国文学对于德国文学（包括英国文学）所采取的开放态度，歌德说：“世界文学当然会很活跃而且奇怪地让人相互较劲；我没太看错的话，法国人会审慎、明确地从中得到最

---

1 “Goethe an Boisserée” (24. April 1831), in *Goethes Werke* (Weimarer Ausgabe), Bd. 48, S. 189-190.

2 18 世纪上半叶，法国人还极为轻视或忽视德语区的文学生活，认为莱茵河对岸的德意志人缺乏品位、文雅不足，粗野、落后到迟钝的地步，尽管在有些方面逐渐领先，但在文学上低人一等。但到 18 世纪下半叶，法国趣味发生巨变，感觉比理性更受重视，单纯比精致、老练更获青睐。这种新的观念逐渐又与卢梭的名字连在一起，并改变了人们对于德意志文学的看法：曾被蔑视的纯朴和天然，受到时人赞颂；曾被嘲笑的德意志文学中的朴素和天真，变成一种美德。

3 Goethe, *Sämtliche Werke, Briefe, Tagebücher und Gespräche* (FA), Bd. 22, S. 259.

4 Goethe, *Sämtliche Werke, Briefe, Tagebücher und Gespräche* (FA), Bd. 13, S. 177.

大好处；他们也已经有了某种自信的预感，认为其文学将在更高的层面上对欧洲产生影响，即他们在 18 世纪上半叶有过的那种影响。”[1]

果真如此。在法国作家内瓦尔（Gérard de Nerval）19 岁时的《浮士德》译作（1827）以及浪漫派画家德拉克洛瓦为《浮士德》所作的石版画插图数十年之后，波德莱尔和福楼拜都从德意志文学中汲取了不少养分。在波德莱尔和福楼拜创作之时，德意志文学已经无法跟上前一代人达到的文学水平，少量作品即便与前人的作品相比并不逊色，但在当时的欧洲和欧洲之外却鲜为人知。

斯达尔夫人与歌德提出“世界文学”理念之间的直接历史联系，并非通过后来一二百年的回顾和重构才显示出来，同时代人对此已有明确认识。[2]

---

1 “Goethe an Karl von Reinhard” (18. Juni 1829), in *Goethes Werke* (Weimarer Ausgabe), Bd. 45, S. 295.

2 参见舍宁、泽曼编《斯达尔夫人与欧洲浪漫派的国际关联：文化间网络的个案研究》一书中的相关文章［Udo Schoning udn Frank Seemann (Hrsg.), *Madame de Staël und die Internationalität der europäischen Romantik: Fallstudien zur interkulturellen Vernetzung*, Göttingen: Wallstein, 2003］。

图5 歌德画像（1828），德拉克洛瓦（Eugène Delacroix，1789—1863）绘

## 七、交际中的世界文学

在尤特看来，歌德1827—1831年间的世界文学话语显示出正在形成的“世界文学”的三条路径：首先是翻译，其次是通过研究以及文化刊物获得信息，最后是不同国家作家、译者

之间的交往。[1]兰德林指出，世界文学设想主要是歌德试图在其中扮演重要中介角色的既有关系网之优化，也就是各种关系的循环。[2]科赫则说，歌德的世界文学设想“也旨在把法兰西的交谈文化和不列颠的举止文化引入德意志疆土，唤起人们对于文明表现的敏感度，这样从个体到集体才能造就一个好社会”[3]。如此世界文学，仿佛已很接近维兰德早于歌德37年使用“世界文学”一词指称贺拉斯时代的修身养成，即罗马的“都城品位”“礼俗”等[4]，尽管歌德未必知道同他一起跻身“魏玛四杰”的维兰德早就用过这个词。

无论如何，歌德在“德意志自然科学家与医生协会”1828年于柏林召开的国际年会的演讲中说，他“敢于宣告一种欧

1 Joseph Jurt, “Das Konzept der Weltliteratur - ein erster Entwurf eines internationalen literarischen Feldes?”, in Norbert Bachleither (Hrsg.), *“Die Bienen fremder Literaturen”: der literarische Transfer zwischen Großbritannien, Frankreich und dem deutschsprachigen Raum im Zeitalter der Weltliteratur (1770–1850)*, Wies-baden: Harrassowitz, 2012, S. 34.

2 Xavier Landrin, “La semantique historique de la Weltliteratur: Genèse conceptuelle et usages savants”, in Anna Boschetti ed. *L' Espace culturel transnational*, Paris: Nouveau Monde Editions, 2010, pp. 116–123.

3 Manfred Koch, *Weimaraner Weltbewohner: Zur Genese von Goethes Begriff “Weltliteratur”*, Tübingen: Niemeyer, 2002, S. 250.

4 参见方维规《何谓世界文学？》。

洲文学亦即普遍的世界文学”，并不意味着“不同民族相交相识、互学成果”，因为这种意义上的世界文学早就存在，且还在进行，或多或少还在改善，“这里更多的是在说，充满活力的、有抱负的文学家彼此结识，通过其兴趣和集体感而让自己发挥社会作用”。[1] 这是对狂飙突进运动之后德意志艺术家和作家经久不衰的天才崇拜和个性崇拜的断然拒绝，也是对浪漫派之内省嗜好的揶揄。[2] 强调集体感和社会性的一个具体表现就是作家之间的直接联系和交流，这是歌德“世界文学”的含义之一，但在后来对这个概念的理解中极为罕见。歌德乐于招待来客，就像他对斯达尔夫人那样，虽然并不完全赞同这位能说会道的女宾的观点，但还是以礼相待。这种交际最能体现他所说的社会作用，这与他的世界文学观念密切相关。他曾对法国雕塑家德昂热（David d’Angers）说，他有很多时间用来创作，但是“中午我接待外国客人，这对我这个不再能远行的人

---

1 Goethe, *Sämtliche Werke, Briefe, Tagebücher und Gespräche* (FA), Bd. 25, S. 79.

2 Hendrik Birus, “Goethes Idee der Weltliteratur. Eine historische Vergegenwärtigung”, in Manfred Schmeling (Hrsg.), *Weltliteratur heute: Konzepte und Perspektiven*, Würzburg: Königshausen und Neumann, 1995, S. 8.

来说是个学习的机会，我一直在跟踪欧洲的事情”[1]。

歌德在说出“世界文学”时，想到的并不只是德国的洪堡兄弟那样的老友，以及海涅那样的年轻作家，还有许多拜访过他的异域来客，如卡拉季奇（Vuk Stepanowić Karadžić）、库赞（Victor Cousin）、安培尔（Jean-Jacques Ampere）、德昂热、罗宾森（Henry Crabb Robinson）、密茨凯维奇（Adam Mickiewicz）、萨克雷（William Makepeace Thackeray）。歌德从人文精神出发，突出不同文化民族之间对彼此优长的认识，从而获得思想和审美的裨益以及和平相处的好处。在他眼里，世界文学思想和交流是实现人性社会的理想行为，即他所倡导的“普世养成”（Universelle Bildung），并把促进世界文学的发展看作每个文学家和思想家的道德使命。

---

1 Goethe, *Sämtliche Werke, Briefe, Tagebücher und Gespräche* (FA), Bd. 38, S. 682.

图6　19世纪英国最有声望的唯美派画家莱顿（Frederic Leighton，1830—1896）根据歌德叙事谣曲《渔夫》（*Fischer*）创作的油画《渔夫和海妖》（*The Fisherman and the Syren*）

## 八、余　论

1827 年 1 月 31 日，歌德在与爱克曼的谈话中认为世界文学时代即将到来，“现在每个人都应出力，促成其尽快来临”。他极为重视通过认识他者来更好地认识自我，这一信念让他在同年 7 月 15 日与爱克曼的谈话中看到“出自世界文学的最大好处”，他呼吁人们要谨慎但积极地对待这一新的现象。其实早在 1801 年他就说过：“不存在爱国主义的艺术和爱国主义的科学。如同一切好东西，二者属于全世界，只有通过［……］普遍的、自由的相互影响才能得到促进。”[1] 与这一思想一脉相承，他后来常说“自由的精神贸易”，这当为歌德世界文学概念的首要思想。[2] 令人惊讶的是，他不是很模糊、就是多少有些自相矛盾地说了世界文学行为的目的，并且，他的世界文学概念随着时间的推移也有不少变化。

歌德对于一种普遍范式的多有变化的思考，几乎以遗嘱的方式将他的世界文学思想开放给 19 世纪相关讨论的发展。即

1 Goethe, *Sämtliche Werke, Briefe, Tagebücher und Gespräche* (FA), Bd. 18, S. 809.
2 Fritz Strich, *Goethe und die Weltliteratur*, Bern: Francke, 1957(1946), S. 49.

便《环球杂志》同人或者卡莱尔等人依然受到魏玛语境的明显影响，但是，歌德还在世时就已出现了对于“世界文学”的各种多少可以回溯至歌德的独特理解。歌德之后，1848 年革命之前的“世界文学”首先是一个交往概念，时常出现在社会和政治讨论中，后来才逐渐发展为文学史的研究对象，将目光转向文学经典的构建。[1] 这一切其实也同文学概念本身的变化有关，“literature”的诸多含义在整个 19 世纪同时并存，现代“文学”概念尚未占有主导地位。[2] 脱离了文学概念在 19 世纪 30 年代就已开始的转变，我们今天所理解的世界文学概念的发展是不可想象的。而关于跨国性的讨论，到 19 世纪中期还未终结。跨国性是文化间的经验空间，是一种期待中的社会文化模式，也是一种文化实践。换言之，“世界文学”并非只是欧洲文人空谈的古怪的思想形态，而是一种跨国文化经验的形态，涉及人的养成，与维兰德早先把世界文学理解为“世界见识”[3] 相去不远，后来才慢慢蜕变为主要关乎文学作品

1 Peter Goßens, *Weltliteratur. Modelle transnationaler Literaturwahrnehmung im 19. Jahrhundert*, Stuttgart: Metzler, 2011, S. 397.

2 参见方维规《西方“文学”概念考略及订误》,《读书》2014 年第 5 期。

3 参见方维规《何谓世界文学?》。

的诗学概念[1]。

歌德的世界文学思想与今人的大多数想象完全不同，但并不是没有现实意义，这或许就是其不断被重提的重要原因，它不啻取之不竭的思想资源。而就在有意无意之中，在新的发展趋势中，很能见出今昔的某些相似之处，一些新颖的研究方案仿佛又在回归歌德。卡萨诺瓦明确指出，“世界文学”不是指作品本身，“而是一个空间”，是思考和描述各种文学之内在关联的立场。[2]同样从关系角度和关系结构出发，弗莱泽也不把“世界文学”视为“客观对象”，而视为“网状关系”；他见重世界文学的“普世性与地方性之间的张力”，因而在他眼里，“世界文学并不存在，而是在发生”，“在诸关系中发生”[3]。也是在国际文学活动的意义上，提哈诺夫认为“世界文学就是特定区域之间的文学互动过程”，是“各种文学之间的对话”

---

1 Peter Goßens, *Weltliteratur. Modelle transnationaler Literaturwahrnehmung im 19. Jahrhundert*, Stuttgart: Metzler, 2011, S. 125.

2 Pascale Casanova, “Literature as a World”, *New Left Review*, Vol. 31, 2005, pp. 72-73.

3 ［德］马蒂亚斯·弗莱泽：《世界文学的四个角度——读者，作者，文本，系统》，张帆译，载方维规主编《思想与方法：地方性与普世性之间的世界文学》，北京大学出版社 2017 年版，第 174 页，着重号系笔者所加。

和“生动的文学互动”。[1]所有这些立场、对话、关系、互动、发生，岂不就是歌德希冀和推动的“普遍的世界文学”？——到处都是世界文学。在所有这些领先学者的论述中，不但我们能看到歌德的影子，它们甚至就是对歌德思想的阐释，不管是有意还是无意。同在歌德那里一样，我们看到的是世界文学的“事情范畴”和“行为范畴”，如苏源熙所说，世界文学是一种实践[2]。在近期广为流传的达姆罗什的世界文学“定义”中，歌德的思想遗产也显而易见，如文学的“折射”“翻译”“阅读模式”等：“一、世界文学是民族文学间的椭圆形折射；二、世界文学是从翻译中获益的文学；三、世界文学不是一套经典文本，而是一种阅读模式：一种客观对待与我们自身时空不同的世界的形式。”[3]

德汉晚近的一篇文章呼吁“世界文学要世界化”，这也是

---

1 ［英］加林·提哈诺夫：《世界文学的定位》，席志武译，载方维规主编《思想与方法：地方性与普世性之间的世界文学》，北京大学出版社 2017 年版，第 54、59 页。

2 Haun Saussy, “World Literature as a Comparative Practice”, in César Domínguez, Haun Saussy, and Darío Villanueva, eds., *Introducing Comparative Literature: New Trends and Applications*, New York: Routledge, 2014, pp. 56–67.

3 David Damrosch, *What is World Literature?*, Princeton: Princeton University Press, 2003, p. 281.

该文的标题："Worlding World Literature"[1]。对本文来说，重要的是"世界"的动词化（worlding）或曰过程性，如卡迪尔早就说过："对于世界文学和全球化的探讨而言，把'世界'看作动词或许是合适的。[……] 世界化（world）和全球化更多是可知行为，而非匿名现象。[……] 就文学而言，必须要问的是，谁造就世界，还要问为何。"[2]

卡萨诺瓦、达姆罗什、莫雷蒂、汤姆森等[3]理论立场和旨趣各不相同，但说到底都在探寻（民族）文学如何成为，亦即被做成世界文学。他们注重文学的翻译、接受、流传和经典化过程中的策略和特征，以及民族文学文本如何能够被人作为世界文学来阅读。尤其是达姆罗什的《什么是世界文学?》让人

---

1 Theo D' Haen, "Worlding World Literature", in *Recherches littéraires/Literary Research*, Vol. 32, 2016, pp. 7-23.

2 Djelal Kadir, "To World, to Globalize - Comparative Literature' s Crossroads", *Comparative Literature Studies*, Vol. 41, No. 1, 2004, pp. 1-9.

3 Pascale Casanova, *La République mondiale des lettres*, Paris: Le Seuil, 1999; Pascale Casanova, *The World Republic of Letters*, trans. M. B. DeBevoise, Cambridge, Mass. and London: Harvard University Press, 2004; David Damrosch, *What is World Literature?*, Princeton: The Princeton University Press, 2003; Franco Moretti, "Conjectures on World Literature", *New Left Review*, Vol. 1, 2000, pp. 54-68; Mads Rosendahl Thomsen, *Mapping World Literature: International Canonization and Transnational Literatures*, New York: Contiuum, 2008.

看到，不是特定的内在特征（如作品题材、情节、语言处理等），而是特定的阅读方式和阅读关联才把文本提升至世界文学。与歌德一样，上述学者对世界文学的理解在很大程度上也是行为。不同之处在于，现今的理解是行为使然，即通过不同行为而使作品成为世界文学；在歌德那里，“世界文学”是交流本身。

（原刊《文艺研究》2020 年第 8 期）

# “跨文化”述解

## 一、全球化时代的文化

世界是多样的，这是一个共识。这么多“不一样”的事物和现象，尤其是中国哲学中令人沾沾自喜的“和而不同”之说，很容易让人忽视另一种状况：年轻人通过新老媒体和消费品产业所了解的东西，远远超出我们的想象。工业化和西化的新近发展，特别是来势汹汹的全球化，也在日常生活

（消费行为）中催生出许多共同之处和相同的问题（城市化、逃离农村、吸毒问题、失业、环境污染、孤独感、异化）。诚然，世界上的绝大部分人都会感到自己归属特定国家 / 文化，并把自己看作某一集体认同“我们”的一部分。而另一部分人的数量也在急剧增长，他们的国族或文化归属几乎无法确定。

这种复杂而矛盾的社会状况，很能体现“跨文化”趋势，而且可能会在不久的将来主导世界许多地方的社会生活。用一种高度抽象的说法：既没有绝对的自我，也没有绝对的他者。大规模的移民潮、科技和传播的进步以及快速的经济发展，不仅在宏观层面也在微观层面上导致一种相互依赖的“世界文化”。现代世界中的个体越来越不是单一文化的，而是汇聚了不同的影响。我们从每天的早餐开始，就能看到许多跨文化因素。当然，“跨文化”不只局限于我们赖以为生的衣食住行，不只是麦当劳和可乐，而是全方位的。全球的西化——从物质到精神——是一个不争的事实。

各种各样发达的通信技术，互联网或电视等传播媒介，每天都在传送全世界的新闻和信息，世界各地可以同时得到同样的消息，这在很大程度上打通了世界。当代一天时间内，我们对其他文化之风俗习惯的了解，可能超过从前一周或一个月，甚至更多。文化生活和文化共存的全息景象，世界上到处可见。尽管文化传输从来就是人类历史的一部分，但是当代全球传播网络前所未有。人们可以借助互联网等渠道展示自己，非洲文化也不再像以前那样，只有通过旅行者、人类学家或记者才得以向外传播。此时，依然做着自己的文化梦，视其为完整独立的整体，显然已经不现实了。

文化互渗和日益多元是当代社会的特征，这是资源，也会带来危险。随着全球化的发展，价值和规范多元化的结果是异质性的增长。信息、商品和人员的流动使得原有秩序逐渐丧失其完整性。同时，生活形态的多样化生发出光怪陆离的亚文化。当代文化概念，已经不能把文化看作同质体，而是现代社会中有着各种文化背景的人所组成的杂合文化。“他者性”已经不只在他处，也在我们中间。大而言之，文化的意涵是多样、多层次的。简单化的理解是危险的，它不但会妨碍文化认识，还会导致宗教激进主义、民族主义和种族主义。对特定社会来说，新的发展很容易使个体在社会中迷失方向，其结果是我行我素的亚文化和孤独的个体，最终危害社会的稳定。

认识我们身上的“异质”因素是很重要的。许多人或许并未意识到，我们的认同在很大程度上是由“异质”因素组成的。何为认同。用大白话说，就是我认什么、不认什么。或者说：我要的是什么？有人喜于把“集体记忆”与认同联系在一起，这常常具有很强的欺骗性。不错，政治家们很会利用集体记忆，它也确实在传说着不同民族的故事乃至神话，是民族凝聚力的重要源泉；但它也很可能只是意识形态而已，而不是实际生活，不是我所要的。我们只有充分意识到自己身上的异质性，才会认识相同性和普遍性，从而见出跨文化性。这种文化的生成，在于不同生活方式、价值观和世界观之间的交流。通过这类相遇和交互作用，会出现文化关系和文化模式之新的关联形式。

走出传统的、单一文化组成的文化概念，并不产生千篇一律的世界文化，而是带着跨文化因素的个人和社会。从文化角度来看，同一国族的人，他们之间的差别超过以往任何时代。也就是说，他们与异族交往的能力更强了。如果还未体会到这点的话，或许是国家或社会的开放程度还不够。换句话说，我这里说的情况，或许更适合欧美那样的开放社会。但在我们这里，跨文化在近期发展中确实也是显而易见的。跨文化因素的来源，有历时和共时之分，它们的聚合使每个人都受到不同文化的影响，但又不是超文化的。

“多元文化”（multiculturality）、“文化间性”（interculturality）、“跨文化（性）”（transculturality）是三种观察当今社会之多元文化的形式，也是不少学术论著中的关键词。换言之，在各种著述和实践中，与时俱进的文化意识常被理解为多元文化、文化间性或跨文化意识。可是，三者因论题相近而常被当成词义相近的“同义词”混用，从而造成概念的混淆和论述中的张冠李戴。在下文梳理和阐释这三个西方概念的来龙去脉之前，我们先做一个简单的界定：“多元文化”指各种文化同时并存，承认差异和平等；“文化间性”指不同文化的相遇，建立某种对话关系；“跨文化”利用共存，突破文化界线，是改变传统和现有文化、创造新文化的社会现象，它在某种程度上甚至是必然选择。当然，对同一个概念或许会有不同的解读。比如对“多元文化”概念的内涵和外延，可能会有不同的理解；又如“文化间性”和“跨文化”有着不少叠合之处。

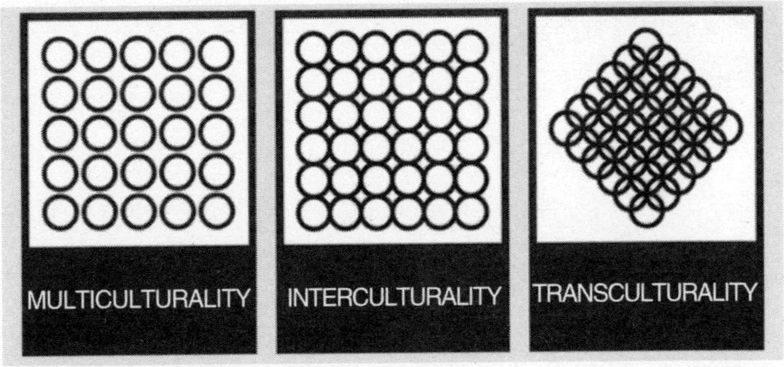


图 1　从左至右分别表示多元文化、文化间性、跨文化

## 二、不同文化观的认识逻辑：单一主义、多元文化、文化间性

印度学者阿马蒂亚·森（Amartya Sen）是1998年诺贝尔经济学奖得主、哈佛大学和剑桥大学教授。他在《身份与暴力——命运的幻象》一书中回应了亨廷顿（Samuel P. Huntington）之“文明的冲突”观点。他指责亨廷顿及其追随者过于简单地化约人的多样性及多重认同：

事实上，全球范围内潜在冲突的一个主要根源就是如下假设，即可以根据宗教或文化对人类进行单一的划分。关于这种单一划分的支配地位的信念使得暴力在全球一触即发。单一划分世界的观点不仅仅与那种认为人类大体上是一样的信念格格不入，而且也与那种较少受到关注但更为合情合理的观点，即认为我们的差异是多样的观点相悖。世界往往被视为由各类宗教（或“文明”“文化”）组成，而忽略人们所实际拥有和重视的其他身份，诸如阶级、性别、职业、语言、科学、道德和政治。单一划分观要比多元和多种划分观更偏于对抗，而后者构成了我们所实际生活于其中的世界。这种理论上的简化主义往往可不经意地助长实际政治中的暴力。[1]

阿马蒂亚·森的用意是克服单一认同的幻觉，进而消除宗教和文化间的暴力、仇恨和恐怖主义。他不但指出了个人在国族和文化意义上的多重认同，亦在认同的意义上强调了社群、阶级、职业等重要因素所赋予人的许多身份，从而允许依据其

1 ［印］阿马蒂亚·森:《身份与暴力——命运的幻象·序》，李风华等译，中国人民大学出版社 2009 年版，第 2 页。

他划分标准来进行归类。[1]一旦用宗教、文明或文化对人进行分类，便会“很快地将多维度的个人缩减到（一个）[2]单一的维度，从而抹杀了人类多种多样的联系与活动，包括艺术、文学、科学、数学、游戏、贸易、政治以及对人类有共同兴趣的其他方面的联系与活动。这些联系和活动在过去几个世纪（以来）[3]为跨疆域的交流提供了丰富和多样的背景”[4]。文明冲突论基于武断的单一分类标准，把人划归特定范畴，人与人的差异被视为不同文化之间的差异，从而造成一种区隔的世界景象。如此，在谈论文明之间是否必然发生冲突之前，分裂和冲突实际上已经存在。这种“粗糙的世界史观”首先忽略了各种文明体内部的差异性，其次忽略了不同文明之间的相互作用和影响，因而很不利于人们近期普遍关注的文化之间的对话。[5]阿马蒂亚·森认为，单一主义无外乎主张一个社会中不同族群、风俗和传统的相邻并存，维护文化保守主义，只看重自己

---

1 ［印］阿马蒂亚·森:《身份与暴力——命运的幻象》，李风华等译，中国人民大学出版社 2009 年版，第 4、9 页。

2、3 原文中有“一个”“以来”，笔者认为删去更合适，故征引时将其删去。

4 ［印］阿马蒂亚·森:《身份与暴力——命运的幻象》，李风华等译，中国人民大学出版社 2009 年版，第 10 页。

5 ［印］阿马蒂亚·森:《身份与暴力——命运的幻象》，李风华等译，中国人民大学出版社 2009 年版，第 10 页。

的信条和规范。显然，他对亨廷顿的辩难折射出两条路线的斗争，即新左派与新保守主义的斗争。

当代文化研究的杰出代表霍尔（Stuart Hall）在其《文化的中心性：注解我们时代的文化革命》（*The Centrality of Culture: Notes on the Cultural Revolutions of Our Time*, 1997）一文中，阐释了“文化”在我们这个时代的重要性。在他看来，当代“文化”有两个核心，其一为实质性，其二为认识论立场。关于实质，是说文化在全球化过程中已经成为重要的社会和经济因素；文化的认识论立场，则见之于“文化转向”，这对社会科学和人文科学都是一个挑战，即如何应对我们时代的文化革命。这里的“文化革命”之说，源于1988年斯坦福大学倡导“多元文化”教育改革，并由此波及其他社会领域。

多元文化主义（multiculturalism）是20世纪80年代末和90年代在美国学术界、教育界和政治界颇为流行的政治和社会理论，而后由理论转化为社会思潮。在言必称“多元”之后，这一左派思潮的影响一直延续至今。在美国这样一个多元文化国家，少数族裔、亚文化和弱势群体一直没有真正被承认。“多元文化”是现实或现象描述，还不能体现各民族和各文化之间是从属还是平等关系，不能体现权力关系。“多元文化主义”则是对美国主流文化和价值体系的挑战，要求承认不同文化的差异和平等话语权。显而易见，它不仅是一种政治和社会理论，还是一种政治态度、伦理实践和社会行动的依据。

“多元文化主义”概念甫一问世，就引起激烈争论；论战硝烟弥漫整个90年代，有人甚至称之为“文化战争”。“多元文化”与“多元文化主义”的区别是，前者是早已存在的现实，后者是文化革命中的诉求。（本文中的“多元文化”多半也包含“多元文化主义”）阿马蒂亚·森反对“单一主义”，推崇“多元文化主义”，即认可和容忍他者及其包括社群、阶级、性别、职业和语言在内的多重认同，实现和平共处和对话。他的阐释涉及“多元文化”与“文化间性”问题。我们应当如何理解多元文化和文化间性概念呢？它们的语义内核是什么呢？

“多元文化”认为一个社会之中存在不同的文化，比如生活在德国的德国人、土耳其人、中国人等，美国社会更是如此。由此，一国文化呈现为许多不同文化组成的马赛克或拼贴画。“多元文化”理念与中国传统文化中的“和而不同”“和实生物，同则不继”之说有着相似之处。“文化间性”则在承认文化多样性的同时强调“间性”，追求不同文化之间的对话、交流、沟通和理解：“某一文化的成员发出的信息，得到另一文化的成员的理解，这便实现了文化间的交流。”[1]“国际交往”是指国家间（跨国境）的交往；“文化间性”则指各属不同文化的人与人、群体与群体之间的交往，突出其间性特质。国际交往向外，文化间性则既可向外亦可向内。

我们知道，国族不是社会科学“天然的”分析单位[2]，它是人工制品和“想象的共同体”[3]；它不是客观事物，而是人为建构的权利和文化空间。交通和信息技术的快速发展改变了人们的空间感。文化观念也随着世界的变化而变化，要求人们灵活地适应社会的变迁，把不同文化的相伴共处看作正常现象。“文化间性”视文化多样性为资源，努力促进文化间的理

---

1 Richard E. Porter and Larry A. Samovar, “An Introduction to Intercultural Communication”, in Larry A. Samovar and Richard E. Porter eds., *Intercultural Communication: A Reader*, Belmont: Wadsworth, 1994, p. 19.

2 Eric Hobsbawm, *Nations and Nationalism since 1780- Programme, Myth, Reality*, Cambridge: Press Syndicate of the University of Cambridge, 1990.

3 参见［美］本尼迪克特·安德森《想象的共同体：民族主义的起源与散布》，吴叡人译，上海人民出版社 2011 年版。

解。然而，“文化间性”的前提必然是文化界线，没有界线便无“之间”。在多元文化社会，存在着不同语言、观点、意识形态和文化的共存和对峙。相互理解而外，还有误解或文化震惊，甚至把陌生行为看作危险。[1]

正因为不断发展的全球化，文化差异和文化冲突实实在在地存在于不同社会、国家和地区。因此，在“文化与交往”话题中，国际学界不少学者早就对“多元文化”和“文化间性”理论持保留甚至批判态度。尤其是对多元文化主义所奉行的文化相对主义亦即对主流价值体系的挑战，有学者提出了针锋相对的观点：“若是不顾人类普遍价值，每个文化都有绝对权利来确定何为罪行、何非罪行，那么，奥斯维辛就不再是罪行了。”[2] 按照这一思路，人们还会想到人肉炸弹和自杀式袭击。在 21 世纪已经过去的十多年里，全球化的正面意义和负面影响一览无遗。最具典型意义的是“9 · 11”恐怖袭击。同样的“9 · 11”画面，在不同的政治和文化语境中

---

1 Dietmar Larcher, *Fremde in der Nähe: Interkulturelle Bildung und Erziehung im zweisprachigen Kärnten, im dreisprachigen Südtirol, im vielsprachigen Österreich*, Klagenfurt: Drava, 1991, S. 55.

2 “Multikulturalismus führt in den Bürgerkrieg” - Gespräch mit Prof. Flaig III, *DIE ZEIT*, Vol. 9, Juni, 2008.

有不同的意涵。对有些人来说，那是“文化的冲突”；对另一些人来说，那是各种全球化政治走进了死胡同。世界上的各种文化并未像之前一些理论家所预言的那样，已经成为协调一致的世界文化。全球化并未导致不同社会运行机制的融洽整合，相反，全球化发展过程是不均衡的、矛盾的，文化冲突是常态而不是例外。

阿马蒂亚·森推崇的“多元文化主义”强调多重认同，固然有其合理之处。虽然，“多元文化”和“文化间性”这两种描写社会文化的模式及其认识逻辑，本身都隐含着文化之内在和对外的相对同质性。[1]这是阿马蒂亚·森对单一认同的解构以及对多种身份/认同的阐释也无法化解的问题。就“多元文化”观念而言，它倾向于把认同视为固定的甚至与生俱来的东西。这会导致不同族群或明或暗地争取自己的利益，导致民族主义和种族主义[2]，做出“自我”与“他者”的区分。与“多元

---

1 Christoph Hübenthal, “Denn ihr seid selbst Fremde gewesen: Sozialethische Anmerkungen zum Migrationsdiskurs”, in Michelle Becka und Albert Rethmann (Hrsg.), *Ethik und Migration: Gesellschaftliche Herausforderungen und sozialethische Reflexion*, Paderborn: Ferdinand Schöningh, 2010, S. 20.

2 Ursula Lischkeu. Heinz Rögl, *Multikulturalität. Diskurs und Wirklichkeit*, Wien: Institut für Kulturstudien, 1993, S. 29.

文化”不同，“文化间性”试图突破文化之纯粹并行共存的状况，实现各种文化之间的对话和交流。不过，“文化间性”依然存在着固守传统文化概念的危险，把文化接触视为各种同质文化之间的互动，其理解行为离不开民族文化的经验视野，即特定文化的价值取向、认识和观念。对文本、行为和文化实践的阐释，依然基于“本土”与“他者”的根本差异，无法摆脱整体性文化模式的逻辑。哪怕是稍微接近地理解陌生文化，也可能因为理解受到自我文化生活和传统关联的拘囿而被排除在外。[1]

## 三、跨文化，或“文化瓦解以后的生活形态”

鉴于根深蒂固的同质文化概念所带来的问题，德国文化哲学家韦尔施（Wolfgang Welsch）认为“多元文化”或“文化间性”一事无成，它们甚至会引发误解。他的立场与霍米·巴

1 Peter J. Brenner, “Interkulturelle Hermeneutik. Probleme einer Theorie kulturellen Fremdverstehens”, in Peter Zimmermann (Hrsg.), *Interkulturelle Germanistik: Dialog der Kulturen auf Deutsch?*, Frankfurt: Peter Lang, 1991, S. 52.

巴（Homi Bhabha）的杂合文化观有着颇多切合之处，他们都看到了多元时代之“杂合性”（hybridity）的创造性。全球化催生出各种生活形态，这种生活形态或生活风格不会停留于国境线，而是跨国越境的。“杂合化”（hybridization）则是不同人种、族裔、群体、文化、意识形态的交互和混融过程。强调国族或地域的传统文化范畴已经无法解释新的发展。在这一背景下，韦尔施提出了“跨文化”（Transkulturalität）概念。他在 20 世纪 90 年代早期和中期发表了一些大同小异的文章。第一篇文章的标题是《跨文化：文化瓦解以后的生活形态》（1992）：“‘跨文化’要展示两个方面：其一，今天的我们已经超越了经典文化观念；其二，新的文化形态和生活形态理所当然地荡涤着旧形态。”[1]

---

1 Wolfgang Welsch, “Transkulturalität: Lebensformen nach der Auflösung der Kulturen” , *Information Philosophie*, Vol. 2, 1992, S. 5.

图2　毕加索的杂合（毕加索《女人的头》/ Pablo Picasso, *Head of a Woman*, 1960）

韦尔施认为文化的杂合化是世界范围的移民、经济发展、信息技术的结果，已经不存在绝对的他者和自我：

> 所谓原汁原味的东西，部分见之于民俗，但那只不过是为外人而表演的特色，本地人其实早就与外地人没有区别了。地方特色不过是装饰而已，是表面现象，是审美态度。尽管还能听到民族文化的辩辞，但根子上都已经是跨文化的了。[1]

其结果是跨文化的、没有国别差异的生活形式（这里不包括贫富和生活水平等问题）。世界上到处可见“跨文化人”（cross-culture people），即父母来自不同文化圈的人。同样，人们的认同也是跨文化的。韦尔施赞同后工业社会理论家贝尔（Daniel Bell）的“cross-cutting identities”的说法，即现在的人“都有多重忠诚和认同”。[2]

---

1 Wolfgang Welsch, “Transkulturalität - die veränderte Verfassung heutiger Kulturen”, in Freimut Duve et al. (Hrsg.), *Sichtweisen: Die Vielheit in der Einheit*, Frankfurt: Edition Weimarer Klassik, 1994, S. 96.

2 Daniel Bell, *The Winding Passage: Essays and Sociological Journeys 1960-1980*, Cambridge, Massachusets: Basic Books, 1980, p. 243.

韦尔施的“跨文化”理念，旨在与“多元文化”和“文化间性”划清界线，同时也在同传统文化观划清界线。他把老式文化概念，即每种文化都是与外部有别的有机整体，追溯到赫尔德（Johann Gottfried Herder）那里。赫氏整体论的文化观把各种文化视为“球体”[1]：球体内部是均质的，个人无法脱离其文化，不能成为群体中的异类，因而不能同他者文化混融。独立的球体之间只会“碰撞”[2]，或者说，球体可以相互靠拢，或碰撞或疏远，却不能融合[3]。韦尔施认为，曾被赋予文化的三个特征，即“社会同质性”“种族稳定性”“文化界线性”，已经不符合当代社会状况。[4]“今天的文化不再切合以前那种封闭、统一的民族文化观念。其特点是认同的多样性，具有跨越界线的特征。跨文化构想所描写的就是这种变化。它与经典

---

1 赫尔德在《关于人类教育的另一种历史哲学》（1774）中说：“每个民族自身有其幸福感的核心，如同每个球体有其重心。”（Johann Gottfried Herder, *Auch eine Philosophie der Geschichte zur Bildung der Menschheit*, Frankfurt: Suhrkamp, 1967, S. 44–45.）

2 Johann Gottfried Herder, *Auch eine Philosophie der Geschichte zur Bildung der Menschheit*, Frankfurt: Suhrkamp, 1967, S. 46.

3 Wolfgang Welsch, “Transkulturalität. Zur veränderten Verfasstheit heutiger Kulturen”, *Zeitschrift für Kulturaustausch*, Vol. 45, 1995, S. 2.

4 Wolfgang Welsch, “Transkulturalität. Zwischen Globalisierung und Partikularisierung”, *Jahrbuch Deutsch als Fremdsprache*, Vol. 26, 2000, S. 329.

的单一文化观念保持距离，也同文化间性和多元文化观念不一样。”[1]

图 3　赫尔德：“谁都爱他的国家及其习俗，还有他的语言、他的妻儿，并不因为那都是世上最好的，而是因为那是他的绝对所有，他也乐在其中，爱自己、爱辛劳。”

韦尔施认为，“跨文化”可以使相关思维摆脱简单化的范畴和关系。文化被看作复杂的、多层次的现象：同一文化中有

---

1　Wolfgang Welsch, “Transkulturalität. Zur veränderten Verfasstheit heutiger Kulturen”, *Zeitschrift für Kulturaustausch*, Vol. 45, 1995, S. 1.

着不同特征和不同的生活方式，文化对外也不是严格的区隔，而是联系，各种文化之间有着许多关联、重叠、渗透、杂合。文化如同球体之说，已经不合时宜。既在社会宏观层面又在个体微观层面，跨文化特征是显而易见的：大多数人的文化形态都能显示出不同的文化来源和联系。尤其是在跨文化社会中成长起来的人，本身就是跨文化的，即所谓“跨文化混血儿”[1]。美国政治学家古特曼（Amy Gutmann）说：“当代大多数人的认同，不是由一种文化构成的，这种状况不只局限于西方知识者或精英。[……]不只是社会，个人也是多文化的。”[2]韦尔施认为“内在跨文化”是一种能力，能够更好地“对外跨文化”，更适应跨文化社会并与他人交往，跨文化交往就是穿行于文化。个人文化认同中的因素越多，越容易同其他个体认同

---

1 Wolfgang Welsch, “Was ist eigentlich Transkulturalität?”, in Lucyna Darowska, Thomas Lüttenberg und Claudia Machold (Hrsg.), *Hochschule als transkultureller Raum? Beiträge zu Kultur, Bildung und Differenz*, Bielefeld: transcript, 2009, S. 46.

2 Amy Gutmann, “Das Problem des Multikulturalismus in der politischen Ethik”, *Deutsche Zeitschrift für Philosophie*, Vol. 43, 1995, S. 284.

重合[1]。韦尔施的跨文化观念是：

> 一、从根本上说，当代文化不再是单一文化，而是跨文化；二、跨文化不只体现于文化层面，也见之于生活形式；三、跨文化甚至对个人认同的结构产生影响；四、当今科学领域尤其是理论和学科理论中也发生了相应变化。[2]

观察和状写文化，往往先会从内容着手，例如，日常生活，人的能力、信念、交往形式、世界观、社会规范等。另外，人们会探究文化实践的特定地域、国族或种族的延伸意义，也就是特殊性和典型意义。在这种情况下，人们必然会赋予地域、国族或种族以特殊内涵。可是，特定的文化特征其实是很难确定的。“比如，在争论伊斯兰文明的成员具有好战文化这一粗糙和恶劣的泛泛之论时，经常有人争辩说他们其实拥

---

1 Wolfgang Welsch, “Was ist eigentlich Transkulturalität?” , in Lucyna Darowska, Thomas Lüttenberg und Claudia Machold (Hrsg.), *Hochschule als transkultureller Raum? Beiträge zu Kultur, Bildung und Differenz*, Bielefeld: transcript, 2009, S. 47.

2 Wolfgang Welsch, “Transkulturalität - die veränderte Verfassung heutiger Kulturen” , in Freimut Duve et al. (Hrsg.), *Sichtweisen: Die Vielheit in der Einheit*, Frankfurt: Edition Weimarer Klassik, 1994, S. 95.

有一种和平和善意的文化。但是，这只不过是用一种成见取代另一种成见罢了。”[1]赋予某一文化以特殊性，是为了确认差别或共性；而所谓特殊性，原先并不存在，只是被当作特殊性。谁被问及某种文化，都会说出这一文化的特性，除非他一无所知。问题的提出就是一种逼迫，让人说出某一文化的固有特征，这样才能言之有物。换言之：说差异，只是为了说出什么。然而，有些明显区别或共性不见得都是文化特性，还有许多非文化特性，比如某种政治制度及其意识形态的产物。正是某些非文化特性，可能让人融入一个社会或被排除在外。当今社会是跨文化的，这一特征会对社会成员产生影响，甚至极为重要；并且，随着“跨文化”的高歌猛进，社会的典型特征越来越偏离特定宗教、文明或文化，“固有特征”越来越不能可靠地说明社会中的群体和个人。如此，想要把人划归某个群体，难免制造错误形象。

不仅共同文化的概念不是一定不易的，认同概念也不是永

---

1 ［印］阿马蒂亚·森：《身份与暴力——命运的幻象》，李风华等译，中国人民大学出版社 2009 年版，第 36 页。

久的。[1]具体地说，没有一个特征是确定无疑的，它的存在及意义因人而异，“跨文化”因而不把人明确划归特定的文化。随着社会中多样性和差异性的不断增长，对所谓客观的概念也会有不同的解读。在全球化浪潮中，文化的互渗和交织涉及整个文化层面，涉及医疗、体育、饮食、戏剧、电影和音乐文化等，并影响个人和社会之自我意识中的基本问题（例如，人权问题、女权主义、生态意识）。[2]共存、对话和不同文化的相互影响和渗透是跨文化的条件。因此，跨文化方案主要从杂合的角度思考文化。[3]

韦尔施认为，与其他后现代文化设想和模式相比，跨文化方案试图展示纷乱杂呈的现代世界的某种结构，并回答一个问

---

1 Walter Lesch, “Die Ambivalenz von Identitätsdiskursen: Bausteine zu einer kosmopolitischen Ethik in einer Welt von Fremden”, in Michelle Becka und Albert Rethmann (Hrsg.), *Ethik und Migration: Gesellschaftliche Herausforderungen und sozialethische Reflexion*, Paderborn: Ferdinand Schöningh, 2010, S. 51.

2 Wolfgang Welsch, “Was ist eigentlich Transkulturalität?”, in Lucyna Darowska, Thomas Lüttenberg und Claudia Machold (Hrsg.), *Hochschule als transkultureller Raum? Beiträge zu Kultur, Bildung und Differenz*, Bielefeld: transcript, 2009, S. 43-45.

3 Brigitte Hasenjürgen, “Kultur, Transkultur, demokratische Kultur”, in M. Genenger-Stricker et al. (Hrsg.), *Transkulturelles und interreligiöses Lernhaus der Frauen*, Opladen: Budrich, 2009, S. 48.

题：究竟是什么让不同社会五花八门、相互掺杂、前后矛盾的生活方式聚合在一起？[1]他的跨文化方案试图告诉人们，共同点不应在特定文化归属中寻找，而应在见之于各种文化的共同因素中搜寻："跨文化网络中存在一些共同点，但也存在区别；不但会有差异，也有共同之处。其他网络中也有这种同与不同，这就比陈旧的文化认同更有相互衔接的可能性。"[2]谈论文化，即在谈论特定社会的含义和方位；谈论跨文化，即在谈论这些含义不是特定的、不局限于某个地方。

在此，我们可以看到韦尔施的思想与霍尔早已有之的思考的关系：全球联通的媒体让各种风格和图像在全世界广泛传播，它对世界各地社会生活的影响愈甚，人们的认同就愈多地脱离特定时间、地点、历史和传统。[3]霍尔提出的命题其实就是全球化给文化带来的变化：

---

1 Wolfgang Welsch, "Transkulturalität. Zwischen Globalisierung und Partikularisierung", *Jahrbuch Deutsch als Fremdsprache*, Vol. 26, 2000, S. 344.

2 Wolfgang Welsch, "Transkulturalität. Zwischen Globalisierung und Partikularisierung", *Jahrbuch Deutsch als Fremdsprache*, Vol. 26, 2000, S. 347-348.

3 Stuart Hall, "The West and the Rest: Discourse and Power", in Stuart Hall and Bram Gieben, eds., *Formations of Modernity*, Milton Keynes: Polity Press/Open University Press, 1992, p. 303.

新的全球化［……］与全球大众文化的新形式携手而来，这种文化与原来那种同民族国家紧密相连的文化认同大相径庭。全球大众文化是由文化生产的现代手段决定的，借助更快、更容易跨越语言界线的图像得到传播，用比语言更为直接的方法言说。它通过各种视觉和图像艺术而直接影响人们的日常生活、消遣和业余时间；它通过电视、电影以及商业广告的画面、隐喻和风格来产生影响。卫星电视则是所有大众传播形式中最典型的事例。这当然不是唯一例子，但很能说明问题：卫星电视虽为发达国家经济和文化的产物，但它的本来意图是不为国境线所限制。[1]

韦尔施与霍尔的思路的相交之处是，他们看到了全球化使许多东西得来全不费工夫，得以让人产生超越国族的文化认同。文化与文化认同不是必须由疆界决定的；全球化的去疆界化复杂而充满矛盾，文化和认同难以躲避这一发展过程。因

1 Stuart Hall, *Rassismus und kulturelle Identität. Ausgewählte Schriften* 2, Hamburg: Argument, 1994, S. 52.

此，摆脱球体文化观，转向新的文化观，杂合和跨文化观念就越来越显示出其重要性。除了国际观念，人们还必须有跨文化视野。“唯独跨文化的过渡能力，还能长久地为我们的认同以及独立自主做担保。”[1]

## 四、复杂的“跨文化”

赫尔德早在200多年前就说：“国家越是相互走近，科学文化、阶层团体、省份、王国和世界上的区域越是增多，诗歌（同所有书写物一样）便会赢得更大的影响范围，但也更会失去锐气、深度和确切来源。”[2]显然，文化混合对赫尔德来说是沉沦。在全球化的今天，这一判断在某种程度上似乎还未失效，至少一些全球化的反对者会有类似怨言。当代世界互联互通、复杂多样，很难从整体上对其做出好坏褒贬判断。但有一

1 Wolfgang Welsch, “Transkulturalität - die veränderte Verfassung heutiger Kulturen”, in Freimut Duve et al. (Hrsg.), *Sichtweisen: Die Vielheit in der Einheit*, Frankfurt: Edition Weimarer Klassik, 1994, S. 99.

2 Johann Gottfried Herder, *Ideen zur Philosophie der Geschichte der Menschheit* (Werke Band 6), hrsg. von Martin Bollacher, Frankfurt: Deutscher Klassiker Verlag, 1989, S. 413.

点是可以肯定的，即全球化（包括跨文化）实为双刃剑。

“跨文化”对文化的认识是包容而非排斥，寻求衔接和过渡能力；在与其他生活形式相遇时，不仅有不同，也有连接点。这是跨文化的特别之处。然而，对于跨文化理念的一个理由充分的指责是，它没有充分看到权力、等级以及政治、经济和话语权等问题，它对中心和边缘的一视同仁的乐观看法，无视但不能消除不平衡的发展；而文化研究必须顾及政治和经济状况，思考多元社会中的权力关系。总的说来，论述“跨文化”实非易事。现有的一些理论视角，或互补，或抵牾，或相互促进，或视若无睹。我们还须进一步探索跨文化关联的性质、结构和有效性，对这个多少有些抽象的理念有一个尽可能全面的认识。

尽管“跨文化”不能状写所有生活形态和生活历程，但它实际上体现于所有生活天地。这在全球层面和地域层面都是有效的。然而，从地理方位谈论跨文化，须格外谨慎。跨文化生活方式在有些地方、对有些人来说已经习以为常，而在其他地方只见之于特定职业和阶层。就趋势而言，新近的跨文化现象主要体现于大城市的居民，以及在过去几十年中成长起来的年轻人。另外我们必须看到，“单一文化”“文化间性”或“跨文化”等标签，常常不是没有问题的。以文学为例：它可以既是“跨文化”也是“文化间性”或“单一文化”的。例如，叙事是跨文化现象，一些叙事技巧跨越文化界线。另一方面，叙事也可以具有“文化间性”，这见之于文学翻译或叙事的特定文化指向。尤其是“跨文化”与“文化间性”，它们既然都表示跨越文化界线的人与人之间的互动关系，就必然有一些相通之处，而不像有些看法那么明确：“物理是跨文化的，文学是文化间的，电影产业是多文化的，燕麦种植是单一文化的。”[1]

除了表明现代世界今非昔比状况的“跨”字，“跨文化”中还有“文化”这一词根，也就是整个跨文化理念想要疏远的东西。热衷于“跨”的理论家，自己也发现了一个悖论，即所有与“跨”组合的新概念所要否定的东西，实际上也同时被激活了，比如“跨国”（transnational）之说：“很有讽刺意义的是，‘跨国’这一术语让人关注的东西，正是其倾向于否定的东西，即国家之持久的特征。”[2]跨文化的倡导者韦尔施自己

1 Norbert Mecklenburg, *Das Mädchen aus der Fremde. Germanistik als interkulturelle Literaturwissenschaft*, München: iudicium, 2008, S. 92.

2 Ulf Hannerz, *Transnational Connections: Culture, People, Places*, London/New York: Routledge, 1996, p. 6.

也提出了类似的问题："难道不是很矛盾吗？跨文化方案一方面指出不同的传统文化正在消失，另一方面却在继续论说'各种文化'，甚至以这些文化的继续存在为依托。若不存在这些文化，跨文化的整合者何以获得其整合对象呢？"[1]

不过韦尔施还是认为，在文化走向跨文化的双重性中能够找到化解矛盾的出路：各种文化依然存在，它们是"发展文化新网络的储备"；以之为源、与之并行的是新的跨文化生活形态，传统"基准文化"会在跨文化的意义上渐进嬗变。[2]按照这一思路，整个方案的过程性便凸显而出：跨文化是一种动态发展，跨文化进程会带来新的变化。换言之，没有特定的跨文化，只有跨文化过程，这是每个社会和个人都能遇到的。

（原刊《文艺研究》2015年第9期）

---

1 Wolfgang Welsch, "Transkulturalität. Zwischen Globalisierung und Partikularisierung", *Jahrbuch Deutsch als Fremdsprache*, Vol. 26, 2000, S. 341.

2 Wolfgang Welsch, "Transkulturalität. Zwischen Globalisierung und Partikularisierung", *Jahrbuch Deutsch als Fremdsprache*, Vol. 26, 2000, S. 341.